Yūki & Dracul
「推しが現実《リアル》にやってきた」

Chara

推しが現実《リアル》にやってきた

栗城 偲

キャラ文庫

この作品はフィクションです。
実在の人物・団体・事件などにはいっさい関係ありません。

目次

口絵・本文イラスト／麻々原絵里依

推しが現実《リアル》にやってきた

「足立《あだち》くん、もうあがる？」

ちょうど着替えを終えたのと同時にスタッフルームで声をかけられ、ぎくりと体が強張《こわば》る。

声の主が店長の小杉《こすぎ》だとすぐに認識し、足立裕貴《ゆうき》は反射的に全開の笑顔を作った。子供の頃から「猫っぽい顔」と言われる顔の造形は、笑うと目が細くなってますます猫に似るらしい。

中学高校とバスケットボール部に所属していたが身長は一六七センチまでしか伸びず、けれど接客業としては威圧感を与えないので、気の抜ける猫顔と相俟《あいま》って結果的にはよかったかなと今は思っている。

「はい、お先に失礼します！」

「あー、待って待って。今日、皆で飲みに行こうかって話になったんだけど、足立くんもよかったらどう？」

小杉の誘いに、裕貴は笑顔のまま「すみません〜」と謝り、嘘《うそ》ではないが本当のことでもない理由を口にする。

「実は、今月ガチャ回しすぎて金欠で」

「あー、なんかゲームだっけ？　そういや前もハマってるって言ってたよね。今日くらい別に俺の奢《おご》りでいいからさ、行こうよ」

わざわざ食い下がってくれる小杉に、曖昧《あいまい》に首を傾《かし》げる。

「いやー、流石《さすが》にそれは申し訳なくなっちゃうんで！　……あと正直な話、実は今日新しいストーリー更新されるんで、どうしてもやりたくてですね……」

声を潜めて言うと、小杉は目を丸くし、それから小さく息を吐《つ》いた。

「了解。じゃあ今回は見送るよ」

「忘年会はちゃんと参加しますから～！　それまでは、俺の給与は推しへのガチャに回さしてください……！」

内心安堵《あんど》しつつ手を合わせ、ちょっとおどけた裕貴に、小杉はしょうがないなあとばかりに笑った。

「わかったわかった。ていうか、貯金しろとは言わないけどゲーム以外にも金使いなよ？」

てへ、と頭を掻《か》いて、笑って誤魔化す。

「食費も削ってそうだから、はい、これどうぞ」

そう言いながら、小杉はテイクアウト用の手提げ袋を裕貴に差し出してくる。

裕貴の勤務先は東京《とうきょう》の郊外、駅からほど近い場所にある「カフェ・ガレット」だ。その名の通りガレットやクレープ、パンケーキが人気のカフェである。

小杉が寄越してくれたのは調理中に破れてしまったガレットやクレープの生地で包んだラップサンドで、三つほど入っていた。

「廃棄になる皮は遠慮しないでまかない代わりに好きに作って持っていって、って言ってるのに足立くんいつも遠慮しちゃうからさ、今日は作っちゃったよ俺」

せめてこれは持ってってね、と半ば強引に持たされて、裕貴は苦笑する。

「店長直々にすいません。じゃあ、遠慮なくいただきます」

「作っといて正解だった。どうせ飲み会不参加だろうな〜って思ってたしね」

「わあ、読まれてたー！」

少々どきどきしながらこの遣《や》り取りをしている裕貴に気づく様子もなく、小杉は人のよさそうな笑顔を見せた。

「じゃあ明日もよろしくね。お疲れ様！」

そう言って、小杉は慌ただしくキッチンへと戻っていく。どうやら本当に裕貴にラップサンドを持たせるためだけにスタッフルームまで来てくれたらしい。

貼り付けていた笑顔を解除し、小さく息を吐く。

——ありがたいやら、申し訳ないやら、情けないやら……。

そして、ほんの少しの煩わしさ。

——日々穏やかに生活できるのは、店長と、千尋《ちひろ》さんのお陰なのに。

そんな感情を抱いてしまうことに自己嫌悪し、裕貴は店を出る。

裕貴が人気店であるカフェ・ガレットのキッチン担当になったのは、二年ほど前、二十二歳の頃のことだ。仕事を辞めたばかりの裕貴に、行きつけだったゲイバーのオーナーである目黒《めぐろ》千尋が、紹介してくれたのだ。

あの頃のことを思い出すと、今でも胸が苦しくなる。

歩きながらラップサンドの中身を見ると、単価の高い具材などが惜しげもなく使われていて更に申し訳なさが増した。

小杉はまだ三十半ばだというのに、まるで裕貴を子供のように心配してくれている。

——店長、気づいてるかな。……気づいてないわけ、ないよなあ。

店長や、他の同僚たちに、もう何度も飲み会や食事に誘われている。それを、もう二年、断り続けているのだから「一見愛想や人当たりのいい裕貴が、誘われるのを避けている」ということくらい、察していないはずがない。

作り笑いに慣れきった頬《ほお》を、指で摘む。

——……こんな俺のことなんて、ほっといてくれていいのに。

本心も口にできず、だから人付き合いを避けたくて、だけど他人から悪く思われたくなくて、いつもへらへらして明るく振る舞って取り繕っているような裕貴のことなど、放っておいてくれていいのに。皆いい人たちだから、心苦しい。

優しくされたり気遣われたりすると、申し訳なくて、自分のことが嫌いになっていく。

そんな暗い考えを断ち切るように小さく深呼吸をして、裕貴は携帯電話を取り出した。

先程小杉に指摘された「ハマっているゲーム」に昼休みぶりにログインする。一番大好きなキャラクター――所謂《いわゆる》推しキャラである、小竜公・ドラクルがログインボイスを聞かせてくれたので無意識に頬が緩んだ。表情とともに、強張った心も微《かす》かに解《ほぐ》れる。

――あー……ドラクル様、最高なんだが～！

大好きなゲームをして、推しキャラを見るだけで、疲れも憂いも吹っ飛んでいく。

――しかも、今日は新しいストーリーが配信されたし。夕方からマジで落ち着かなかったわ～。

裕貴が現在暇さえあればプレイしているのは、二年前に配信が始まった人気モバイルゲーム「ルサンチマン・レジスタンス」だ。

育成シミュレーション、アドベンチャーゲームに分類され、リズムゲームや、キャラクターのカードを使ったバトルゲームを経てストーリーが進んでいく。ストーリーには「メインストーリー」「キャラクターストーリー」『イベントストーリー」の三つがあり、イベントストーリーは随時更新されていく仕様だ。プレイヤーが選択肢を選ぶこともあるが、ストーリーが分岐することはない。

登場人物は吸血鬼や狼《おおかみ》男、フランケンシュタインやハーピーなど、世界の民話や伝承に出てくる怪物や妖怪をモチーフにした美男美女のキャラクターたちである。

——ド定番だけど、やっぱ吸血鬼ってかっこいいよなー。ディテール自体が主役級っていうか。

メインキャラクターは現在十一人、そのうちの吸血鬼をモチーフにした「小竜公・ドラクル」に裕貴は夢中なのだ。

身長一九〇センチの細身だが筋肉質な体、髪は紫がかった黒のストレートヘア、虹彩《こうさい》は赤。形のよい唇からちらりと覗《のぞ》く八重歯にも似た牙《きば》。肌は透き通るような白色という美形だが、コウモリになると可愛《かわい》いゆるキャラのような見た目になる。

それに、何十といる眷属《けんぞく》のコウモリたちは同じくぬいぐるみのようにモフモフしていて、超美形で耽美《たんび》な外見の彼がそれらと戯れている姿はあざといほどに可愛らしかった。

だが彼は吸血鬼の一族でも高貴な血筋であり、本人も抜きん出た強さの持ち主だ。

——わがままなわけじゃないけど、歯に衣着《きぬき》せぬ強めの物言い。最高。

キャラクターボイスを担当するのは美声の代名詞のようなベテラン声優で、それもまたたまらない。裕貴だったら到底言えないようなことを、ドラクルは容易《たやす》く、ぽんぽんと口にする。

——サービス終了したらちょっと本気で泣くかも。

ハードウェアがない配信系のゲームの怖いところは、サービス終了、つまりいつか配信されなくなってゲームができなくなる可能性があるということだ。想像したら本当に怖い。

裕貴はオタクというほどではないが、小さい頃からそこらの男子と同程度にゲームが好きだった。漫画も好きで、姉がいた影響で少女漫画もBL漫画もそれなりに読む。

ただ、今までどれも「それなり」だったので、ここまでのめり込んだのは「ルサンチマン・レジスタンス」が初めてだった。

大袈裟《おおげさ》ではなく、ゲームが——ドラクルというキャラクターが、自分の心の支えになったのだ。

——貴族で才色兼備、だからプライドももちろん高くて、なのに仲間思い、っていうのが推せるんだよなぁ。

このゲームは、平たく言えば「世界征服」を目指す話である。

キャラクターたちが、覇権を握るアイテム「パンドラの匣《はこ》」の所有権をかけ、提示された条件を達成したり、魔法や呪術《じゅじゅつ》などで「バトル」を繰り広げる——その勝負の行く末を見届ける『立会人』という役割のキャラクターが、主人公であるプレイヤーだ。

ストーリーによってはキャラクター同士が共同戦線を張ることもあるが、基本的には個人戦だ。

戦う理由もそれぞれで、単純に世界を征服したい者もいれば、この戦いを平和に収束させるためにトップを目指すという者もいる。

ドラクルは、能力値は高いが夜しか活動できないために衰勢し虐げられている同族——吸血鬼のために覇権を握りたい、というキャラクターだ。性格的には高飛車なところもあるのに、仲間思いで、自分の命も顧みずに戦っている。

――自分にツンデレ萌えがあるなんて、ドラクル様にハマるまで知らなかった。

当初は「孤高の存在」のような感じで登場したし、本人もそういうスタンスのつもりらしいのだが、他のキャラと共闘しているうちに、どう見ても絆《ほだ》されてしまっているのだ。

全員が見捨てるような場面でも、率先してライバルを助け、「寝覚めが悪い」「自滅などされては勝利の愉悦を味わえないからな」などと言う。

だが本人は「お前たちと和合する気はない」などと嘯《うそぶ》くのだ。

――愛《いと》おしい……ほんとそういうとこ好き。

己というものをしっかりと持ち、心情を言葉にすることに躊躇《ちゅうちょ》がない。自分にないものを持つ彼に、裕貴は憧《あこが》れさえ抱いていた。

――今は、ドラクル様だけが俺の生きる糧。ドラクル様のお陰で生きてる。ドラクル様に生かされてる。ドラクル様がいればなんにもいらない。

とても人に言えた話ではないが、ゲームのキャラクターに対して、リアルに恋をしているような気持ちになっている自覚はある。

けれど、それでも構わないと思っていた。恋人なんていらない。リアルに恋なんて、する気はない。キスさえ経験したことがないけれど、別に構わない。誰ともしたくない。それが女性相手でも、己の本来の恋愛対象である男性相手であってもだ。

今が十分幸せで、このままでなにも不都合がない。

推しのドラクルに思いを馳《は》せつつ日付が変わる前にデイリーミッションを終わらせてアイテムを集め、それから満を持して、更新されたストーリーを始めた。

†††

無数の矢がドラクルの体に突き刺さる。

一瞬、なにが起こったのかわからないのだろう、ドラクルは燃えるような赤い瞳でただ呆然《ぼうぜん》と「仲間」を——先程まで共闘関係にあったはずの面々を見ていた。

「パンドラの匣」を得る試練として提示された幻の鉱物オレイカルコスを求めて鉱山へ入り、その洞穴の奥にいる守護獣である九頭竜を討伐、その帰路の山道においての奇襲であった。

一体誰が——。

「っ、……酷《ひど》いことを、するじゃないか」

ドラクルが右目を眇《すが》めて笑う。

だが余裕がないことは明白だ。ドラクルは立っているのもやっと、むしろそこから一歩も動けないのだ。少しでも踏み出したら、地に倒れ伏してしまうというのがわかっているのだろう。

「いや、油断した私が愚かだったな。……まさか、最初に脱落するのが私とは」

そう嗤《わら》って、ドラクルは視線を立会人へと向けた。

小竜公・ドラクル。

立会人は、恐らく無意識に彼の名前を呼んだ。その瞬間、ドラクルは怒りとも憎しみとも悲しみともつかない複雑な表情になる。

「なんという顔をしている」

苦しげにそう呟《つぶや》き、ドラクルは嘲笑《ちょうしょう》を浮かべた。その対象は、立会人か、裏切り者か、それとも己か。

ドラクルは、迫害を受け弱体化した同族のためにこの戦いに身を投じた男だ。口調も性格もきついが誰よりも仲間思いで——その与《くみ》しやすさを、情の脆《もろ》さを、利用された形になった。

ドラクルは強い。太陽の昇る時間さえ除けば、参加者の中でも折り紙付きの強者だ。だから、彼の命を刈り取るならばここだと、恐らく狙《ねら》いを定めていたのだろう。もう随分と前から。

「愚かだな……いつまでも、平和な馴《な》れ合いが続くとでも、思っていたのか」

その科白《せりふ》は、一体誰に言っているのか。立会人か、それとも彼自身か。

立会人はそのとき、自分の足元が揺らぐような感覚を覚えていた。

苦悶《くもん》の表情を浮かべるドラクルに、無意識に手を伸ばす。

「ドラクルさま！」

叫び声が上がり、ドラクルの眷属である無数のコウモリが、彼を護《まも》るように取り囲む。

「お、おにげください、ドラクルさま……！」

「ドラクルさま、お、おはやく……あっ」

だが激しく渦巻く火の魔法に、彼らは一瞬で一網打尽にされてしまった。ぼとぼとと、まるで樹の実が地に落ちるように、無残《むざん》にもコウモリたちは炭の塊になって落下する。

焦げて朽ちた眷属を呆然と見つめ、諦観《ていかん》の色に染まっていたドラクルの瞳に、憎悪の炎が灯《とも》った。

「貴様ら……！」

その瞬間二の矢が飛び、ドラクルの喉《のど》を射た。

ど、と肉を貫く音とともに、鮮血が飛沫《しぶき》のように吹き上がる。

「……っ‼」

声もなく叫び声を上げ、ドラクルが倒れ伏す。

また、一体誰が――。

思わず駆け寄ろうとした立会人を、誰かが抱き上げた。ドラクル同様、突然の展開についていけていなかった、狼男のウィルだ。

その瞬間、ドラクルが炎に囲まれる。――それは止《とど》めの追撃ではなくドラクル自身の魔術によるものだった。周囲を燃やし尽くすほどの業火の魔法を、ドラクル自ら発動していたのだ。

両手に、炭化した眷属たちを掻き集めるようにして抱えながら、ドラクルは虚空を睨《にら》む。殺されてなるものか。私の最期は私が選ぶ。

立会人は、そんな言葉を聞いたような気がした。

ウィルに連れ出され、どうにか安全な場所まで退避させてもらうことができた。その頃には鉱山は紅蓮《ぐれん》の炎に包まれ、夜空を赤く照らしていた。まるで、ドラクルの瞳のような赤だ。

敗者、小竜公・ドラクル――。

揺らめく炎を遠目に、震える声で立会人は呟く。それが、立会人の最初の仕事となった――。

†　†　†

「……は？　え……は？　は？」

ストーリーを読みながら帰宅し、いつものように自室のベッドに寝転がってゲームに興じていた裕貴は、携帯電話を手にしたまま硬直し、意味をなさない言葉を繰り返す。

手が無意識のうちに震え、ベッドシーツの上に携帯電話がぱたりと落ちた。

は？　以外の言葉が出てこない。

信じられなくて、テキストを何度も読み返した。間違いなく、ドラクルが死んだ、という内容が書かれていた。

「嘘だ……嘘だろ？」

確かに、そのストーリーが始まる直前のバトルパートの敵はドラクルだった。

今まで登場キャラクターが相手となるバトルはなかったため、「ドラクル様つよ〜い！」と数分前まで呑気《のんき》にはしゃいでいたのに、これはどういうことなのか。

画面をタップしてテキストを飛ばしたら、きっとシナリオの続きが出てきて、救済があるんだ。そうに違いない。

己に言い聞かせながら震える指でタップしたら、無情にも画面には「ＥＮＤ」の文字が現れた。続きがある場合は「To Be Continued……」という文字が出る。

つまり、本当に、これでシナリオは終わりなのだ。

つまり、本当に、ドラクルは死んだのだ。

「は？　いや、『仕事となった――』じゃねえし。は？」

はっとして、慌ててＳＮＳの検索窓に「ドラクル」と打ち込む。ネタバレを避けて、ストーリーが更新されてから一度も見ていなかったのだ。

ＳＮＳはまさに阿鼻叫喚《あびきょうかん》といった様子で、裕貴と同じようにショックを受けたユーザたちが、嘆きと怒りと呪詛《じゅそ》を吐いていた。先日更新された、別のキャラクターのメリーバッドエンドのときよりも荒れ狂っている。

なにしろ「死亡エンド」なのだ。ゲーム中、バトルに「負ける」ことはあっても「死ぬ」ことはない。

だが、ドラクル様は死んだ。

ゲーム公式のアカウント、シナリオライターのアカウントにまで攻撃的なリプライが飛ばされ、まだ配信から数時間だというのに「ドラクル様」がトレンド入りまでしていた。

「待って、待って、嘘だ……」

一通りSNSを眺め、シナリオライターを降板させろというハッシュタグがトレンドに入ったところを見て画面を閉じる。

きっと裕貴と同じ、悲しい気持ちを抱えた同志の攻撃的な行動にさえ裕貴の心は疲弊して、もう見ていられなかった。

——……ドラクル様が死んだなんて、嘘だ……。

ドラクルの個別ストーリーは、バッドエンドだった。けれど、裕貴は何故か、ドラクル様は絶対に死なない、と信じていたのだ。

二次元の創作物だからとか、そういうことではない。

彼の存在は現在の己の「幸せ」であり、「心の安寧」であり、ゲームのサービス終了の可能性は過ったとしても彼の生命が絶たれるだなんて考えてもみなかったし、考えたくもなかったのだ。

携帯電話をスウェットパンツのポケットに入れ、ふらりと立ち上がる。時刻は二十三時を回ったところだ。明日も仕事はあるけれど、このままではどうしても眠れそうにない。

薄手のダウンジャケットを羽織って、テーブルの上に置きっぱなしにしていた財布を摑《つか》んだ。

「酒でも……買いに行こう……」


一人暮らしのマンションから徒歩五分の場所にあるコンビニで、ストロング系缶チューハイを五本と、ホットスナックの唐揚げを買い、とぼとぼと自宅へ戻る。

普段酒を飲まないので、どのくらいの酒量で足りるのかもわからなかったが、今夜はとにかく酔いたい気分だった。ストロング系缶チューハイは、以前女性の友人が「飛ぶぞ」と言っていたので、普段飲むことはないけれど買ってしまった。

飛べるものならどこかへ飛んでしまいたい。

——やけ酒、じゃなくてこういうときは献杯っていうのかな。

二次元のキャラクターの誕生日を祝ったり、バレンタインデーにチョコレートやプレゼントを贈ったり、ということをする人たちがいることはなんとなく知っていた。いくら好きでもそこまでは、と思っていた裕貴だったが、今は彼女たちの気持ちがよくわかる。

ふと、「献杯ならばドラクル様の好きなお酒のほうがよかったのでは?」ということに思い至った。

ない。

——そうだよ。ドラクル様の好きな赤ワインと、薔薇《ばら》のジャムとか用意したほうが、哀悼の気持ちになるんじゃないの？

この時間に薔薇のジャムを調達するのは無理だが、赤ワインならコンビニで買えるかもしれない。

コンビニに引き返そう——そう思って、児童公園の前で足を止めかけた瞬間、猫の鳴き声が聞こえた。

にゃあ、などという可愛い声ではない。まるで天敵にでも対峙《たいじ》したときのような、威嚇にも悲鳴にも似た鳴き声だった。

——……まさか、動物虐待？

反射的に児童公園のほうを見ると、その瞬間、突風とともに公園からカラスの群れが一斉に飛び立った。

大地震の前触れのとき、動物たちが騒ぐという話を聞いたことがある。まさかなにか災害でも起きるのだろうか。

そう身構えていると、街灯の向こう側、夜空に浮かぶ黒い煙のようなものが見えた。

「——……？」

最初は五十センチほどの大きさだった煙は、空中でどんどんと大きく膨らんでいく。だが、すぐに煙ではないことに気がついた。

それはカラスくらいの大きさをした生き物のようなものの、集合体だったのだ。その様子がなにかに似ている、とじっと目を凝らす。

——ああ、そうだ。蜂の巣。

ミツバチが分蜂《ぶんぽう》する際に、女王蜂を護るために働き蜂が巣の外側に隙間《すきま》なく集まって塊になる。その様子に似ていた。

そう分析して、遅れ馳せながらやっと非現実的な異様さを認知する。中型の鳥類と同程度の大きさの生き物が、中空に留《とど》まって群れの塊を作るものか。

そうこうしているうちに、その「なにか」は二メートルくらいの大きさになっていた。

消防か警察に通報したほうがいいかもしれない——そう思い、ポケットの携帯電話に触れた瞬間、その「なにか」が人間の形になった。

「は……？」

無意識に、エコバッグを落としてしまう。缶チューハイと唐揚げがバッグから投げ出されたのを気に留める余裕もなく、裕貴はそれを凝視した。

重力を無視した速度で、その人物は目を閉じたまま児童公園にゆっくりと降りてくる。

風など吹いていないのに、ふわっとその人物が羽織っているマントの裾《すそ》が舞い上がった。銀や紫や赤の細かい粒子のようなものが、闇に煌《きら》めいている。

けれど、裕貴が驚いたのはそんな数々の不自然な現象についてではない。

――ど、ドラクル様……!?

近所の児童公園の街灯の横に降りてきたのは、あの、「小竜公・ドラクル」その人だった。先程プレイしたストーリーでシナリオライターに殺され、ファンを絶望の渦に叩《たた》き込み、過激なファンを凶暴化させた、ドラクルだった。

身長一九〇センチ、細身だが筋肉質な体、髪は紫がかった黒で虹彩は赤。肌は透き通るような白色の――という公式設定が、ぐるぐると頭を回る。夜なので若干わかりにくくはあるが、まさしくそんな人物が、目の前にいた。

「……っ……」

ドラクルは地に足が触れた瞬間、重力が戻ってきたかのようにがくりと両膝《りょうひざ》をついた。はっと勢いよく顔を上げ、周囲を警戒するように視線を巡らせている。その顔には、徐々に困惑の色が滲《にじ》み始めていた。

――嘘……。

常識的に考えれば、コスプレかなにかの類《たぐい》に違いない。だが、彼の登場からして非常識かつ非現実的であり、なにより眼前の男性は否定しようもなく「ドラクル」本人なのである。

二次元から三次元に変化しているのに、どう見ても、「小竜公・ドラクル」だった。

もう二度と会えないと思っていたはずの彼が、まさかの現実世界にいるなんて信じられない。ショックのあまり、白昼夢を見ているのだと言われたほうが、まだ現実味がある。

けれど、思いもよらなかった再会に、目に涙が滲んだ。

「ど、ドラクル、様……？」

無意識に、名前を呼んでしまう。

その瞬間、彼は初めて裕貴の存在に気づいたらしく、視線がぶつかった。

あ、と思ったのと同時に、彼がこちらへ駆け寄ってくる。

「──お前、私を知っているのか⁉　ここがどこだかわかるのか⁉」

そう叫んだ声は、某ベテラン声優の美声と信じられないくらい似ている。

そして至近距離に迫る彼からは、ゲームのメインストーリー第三章にあった記述の通り、柔らかな薔薇の香りがした。

──推しが……推しが俺の部屋に……。

立ち話はなんなので、とぎこちなく家に誘うと、驚いたことにドラクルはすんなり付いてきた。

冴《さ》えない一人暮らしの日本人男性の部屋に、西洋の礼装のような衣装をまとった美形のドラクルは、ひどく不釣り合いだ。リビングのソファに座ってもらったが、彼は先程からソファのスプリングを確かめたり、不思議そうに家具を眺めたりしている。

裕貴はというと、キッチンで湯を沸かしながら、ちらちらとドラクルの様子を盗み見ていた。

――や、やっぱり白昼夢なのでは……。いや、夜だから白昼夢とは言わないか。ドラクル様の死がショックすぎて強めの幻覚を見てるのかもしれない。

死んだはずの推しが、生身になって日本の、しかも自分の近くに蘇《よみがえ》るなんて、そんなご都合主義で非現実的な話があっていいのか。いや、ない。

だが、これが現実であっても妄想であっても、ドラクルがそこにいるのだから視線を奪われずにはいられない。

ドラクルと目が合いそうな気配を察知し、慌てて逸《そ》らした。内心冷や汗をかきながら、紅茶を淹《い》れる準備をする。

勤務先から社割りで紅茶を買ったばかりだったので、ちょうどよかった。

――……ドラクル様は、渋み強めのお茶が好き、なんだよね。

セイロンのハイグロウンティーのひとつであるヌワラエリヤは、華やかな香りと渋みが特徴で「紅茶のシャンパン」と呼ばれることもある。

ゲーム中に明確に名前が出てくるわけではないが、ファンの間では「ドラクル様のお気に入りの茶葉は恐らくこれ」、とされている種類の茶葉で、裕貴もつい常備してしまっていた。

どきどきしながら客用のカップに紅茶を注ぎ、ドラクルのもとへ運ぶ。

「あの……お茶をどうぞ」

カップをテーブルに置くと、ドラクルは裕貴の顔を見て顎《あご》を引いた。

「ああ、ありがとう」

お礼を言われたのが意外で、裕貴は目を瞬《しばたた》く。ゲーム内の彼は、あまり気安いタイプではなかったからだ。

ドラクルはそんな裕貴をよそに、優雅な仕草でカップを口に運ぶ。一口嚥下《えんか》して微かに瞠目《どうもく》し、それから美味《おい》しそうにもう一口飲み下した。

——気に入ってくれたみたい……?

仕事ではほとんどキッチン担当なので運ぶのは慣れていなかったが、調理等なら自信がある。飲食の仕事についていてよかったとしみじみした。

ほ、と小さく息を吐き、ドラクルは改めて裕貴に向き直る。

「なかなかの大きさの屋敷に住んでいるのだな」

「え……? そう、ですか?」

確かに、裕貴の借りている部屋は広めの1LDKで、それなりに大きめだ。裕貴の給料でも払っていけるのは、オーナーの紹介かつ家賃補助のおかげで、相場よりだいぶ安く借りられているからである。

──でも、ドラクル様から見て、まったく広くないと思うんだけど……？

設定の詰めが甘いのでは、と思っていると、ドラクルは「それで」と口を開いた。

「他の部屋にはどうやって行くんだ？　ここは応接室かなにかなのだろう？」

「ん……？」

一瞬、問われている意味がわからず首を捻《ひね》る。それから、はっと思い至った。

「あ！　いえ、この部屋だけが、俺の家です。ここは集合住宅といってですね……」

ドラクルが「なかなかの大きさの屋敷」と言っていたのはマンションそのもののことだったようだ。

ここは集合住宅であり、ひとつの建物の中を壁で区切り、各部屋にそれぞれ別の世帯が入居している住宅の形態だと説明すると、ドラクルは非常に驚いていた。

彼にとってこの部屋のサイズは玄関、もしくは応接室程度であり、それが「一世帯分の家」だとは思ってもみなかったらしい。

美しい顔が陰り、気まずそうになる。

「そ、そうか……それは、失礼なことを言った」

「いえいえいえいえ。とんでもない。俺は一人暮らしの庶民ですから、このサイズ感じゃそう思われて当然だと思います」

執り成した裕貴に、ドラクルは塞《ふさ》いだ表情を見せる。

沈黙が落ち、裕貴はずっと気にかかっていたことを口にすることにした。

「あの……もし今日泊まるところがないのであれば、よろしければ、この家に滞在してください」

その申し出に、ドラクルが目を瞠《みは》った。その瞳に浮かぶのは警戒が強く、怪訝《けげん》そうにこちらを見る。

裕貴は安心させるように、得意の笑顔を作る。

「……何故だ？」

「何故って、困ってらっしゃるし……狭くて窮屈かとは思うのですが、雨風は凌《しの》げます。なのでその、もしドラクル様がよろしければ、なのですが」

裕貴の言葉に、ドラクルはますます訝《いぶか》しげな顔になる。

なにか下心があると思われているのかもしれない。だが、いちいち「下心なんてないですよ」と口にするのは余計に怪しさが出るような気がしてならない。

――例えばアイドルの女の子が帰りの足がないってなって、「下心ないから！　ほんとにないから！　俺の家泊まりなよ！」とか必死になって引き止めたらめちゃくちゃ怪しいしね……。

顔に笑みを貼り付けたまま、怪しまれない方法を必死で思考する。そうか、一旦《いったん》自分が家を出て別のところに泊まれば――と考えが暴走し始めたところで、ドラクルはソファの横に立ちっぱなしだった裕貴の手を握った。まさかの接触に、裕貴の喉からひゅっと息が漏れる。

引っ張られ、裕貴はドラクルの隣に腰を下ろす格好になった。

「……本当に、よいのだろうか？」

「も、もちろんです！」

上ずった声で頷《うなず》けば、ドラクルの瞳に滲んでいた警戒心が、ほんの少しだけ薄れた気がした。

「恩に着る。感謝を」

「いえ！　こ、困ったときはお互い様ですから！」

ぶんぶんと首を横に振ると、その挙動がおかしかったのか、ドラクルは微かに笑った。ゲームのモーションではいつもどこか余裕のある酷薄な笑みだったが、それよりも少し優しげ、表現が適当かはわからないが「人間的な」笑顔だ。

――あのちょっと冷たくて偉そうな感じが素敵だったけど……穏やかなドラクル様も素敵だな……。

限られたモーションしかないゲームの画面では見えないだけで、元々、日常では眷属などに対してそういう表情を見せていたのかもしれない。改めて、目の前のドラクルは「生身」なのだなと思わされた。

――それにしても、流石ドラクル様。ドラクル様からしたらここは「異世界」のはずだけど、全然動揺した感じがない。

多少は戸惑っている雰囲気はあったものの、ドラクルは落ち着いた様子で裕貴の淹れた紅茶を飲んだり、じっとテーブルを見つめたりしている。

もし自分が同じ状況になったら、こんなふうに落ち着き払ったりはできないだろう。

ぼんやりとその美しい横顔に見惚《みと》れ、はっと居住まいを正す。

「そ、それでですね、あの、どうしてこんな……こちらの世界にドラクル様が」

まずは事情を訊《き》かねばと思い口にすると、先程までは凪《な》いだ表情だったドラクルの顔が強張った。

彼は、ゆるゆると頭を振る。長い絹糸のような髪が、さらりと揺れた。

「わからない……私は、死んだ身のはずだ」

苦しげに吐き出された言葉に、胸が痛む。

ドラクルは、自分の世界のことや、死に至るまでの経緯を訥々《とつとつ》と話してくれる。彼の話はやはり、裕貴がこのところ夢中になっていたゲームの内容と酷似していた。

一方的にだが、ドラクルの事情は知りすぎるほど知っている。恐らく彼自身の知らないことも、自分だけでなくユーザたちは皆知っていた。

「あの痛みを、皮膚の爛れる感触を、憎しみを、事切れる瞬間までも、こんなにもはっきりと覚えている」

奥歯を嚙《か》み締めて、苦しげにドラクルが吐露する。裕貴もゲームの場面を思い出して無意識に拳《こぶし》を握った。

「そうして意識が途切れ……それなのに、気づいたらあの場所にいて、目の前には」

そう言って、ドラクルが裕貴をじっと見つめた。あ、と察して「足立裕貴です」と名乗る。

「――目の前には、裕貴がいた」

そんな場合でもないのだが、大好きなドラクルに「裕貴」と呼んでもらえて、感動してしまう。そんな日が来るとは夢にも思わなかった。

「最初はここが死後の世界かと思い、裕貴は天使か地獄の使者かと思ったのだが、違っていた。この世界は、見るからに元の世界とは違っている。だが、裕貴とは言葉が通じるし、こちらの文字も読める。なんとも不可思議だ」

「ああ……それは転生あるあるというか」

「テンセイアルアル？」

いえなんでもないです、と言葉を濁す。

ゲーム内では当然、全員日本語で話していたし、文字や貨幣は使用している描写自体はあったが、明確には出てこなかった。そのあたりは、転生にあたって調整があったのかもしれない。

せめて、地球の日本という国が、ドラクルにとってあまり違和感がなく、過ごしやすい世界であればいいなと思う。

「世界が違って不便かもしれませんが、言葉と文字が大丈夫ならよかったです。……ただ、この世界には魔法はありません。ドラクル様は、魔法は……」

裕貴の問いに、ドラクルは表情を曇らせ俯《うつむ》く。

「……それが、ほとんど使えなくなってしまっているようだ」

裕貴が見ていないタイミングで、ドラクルは密《ひそ》かに魔法の発動を試していたらしい。

火炎系の魔法が得意であり、ステータス上の魔力はキャラクター随一だったドラクルだが、今は全力を出しても小さな炎しか出せなくなってしまったそうだ。

それだけでもこの世界では十分異次元の能力なのだが、魔法が使えない、というのはこちらの人間で喩《たと》えれば、きっと五感のひとつが駄目になったり、ライフラインが絶たれたりすることに等しいのかもしれない。

よく見たら、ドラクルのチャームポイントのひとつであった唇から覗く牙もなくなっている。

――裏切られて、力も失って、自分も周りも、誰も知らないところで暮らすなんて……そんなのあんまりだ……。

かける言葉もなく、裕貴は唇を引き結ぶ。

胸が痛むのは、ただ同情しているからだけではない。図々《ずうずう》しくも、裕貴は自分とドラクルを重ねて共感などしてしまっているのだ。

ドラクルが、顔を上げる。

「裕貴。こちらの世界では、こういうことはよくあるのだろうか。……死者が蘇ったり、別の世界から来た人間がいたりというのは」

当然と言えば当然の疑問に、一瞬、答えに詰まってしまった。ドラクルが、一縷《いちる》の望みを持って問うているのが察せられてしまったからだ。

「もしそうなのだとしたら、元の世界に戻る方法を教えてくれないか。私は、元の世界に戻らねばならない。志半ばで死ぬわけには……諦《あきら》めるわけにはいかないのだ！」

予想していた通りの問いをぶつけながら、ドラクルが裕貴の肩を掴む。その手は熱く、微かに震えていた。

「頼む、もし方法があるなら――」

そう言いかけて、ドラクルは口を噤《つぐ》んだ。

裕貴はなにも言わなかったが、その表情で悟ったのだろう。そんな方法は、存在しない可能性が高いということを。

「……死者が蘇ったり、異世界から人が渡ったり、というのは創造の世界ではありますが、この世界には、現実には存在しないです」

「だが、私は現実に、ここにいるではないか……！」

小さく、だが叫ぶように言って、ドラクルが歯噛みする。

確かにそうなのだが、裕貴には説明できそうもない。どうしたらいいのかわからず、困っている彼のために己ができることはなにかないだろうかと、頭の中で考えを巡らせる。

ドラクルは微かに頬を強張らせ、それから気持ちを落ち着けるように小さく息を吐いた。

「……すまない」

冷静だなと思っていたけれど、取り乱さぬように努めていただけなのだと今更知る。

「ドラクル様」

「……不便なことも多く、不安なことも多いと思います。できる限り、協力しますから、少しずつ慣れていきましょう」

思わず、そんな言葉が口をついて出た。

それは、彼にとって「元の世界ではなくこの世界で生きるしかない」という最後通牒《つうちょう》にも等しい科白だったに違いない。

だがドラクルは怒ることもなく、ただ裕貴の顔をじっと見つめてくる。その美しい顔貌《かおかたち》から、彼の気持ちは読み取れない。

よろしく頼む、とドラクルは顎を引いた。


ドラクルがこちらの世界にやってきて、あっという間に二週間が過ぎた。

裕貴は毎日仕事が終わるとまっすぐ自宅に戻っている。それだけなら以前と変わらないが、前と違うのは必ず、社割りで購入したラップサンドを持ち帰るようにしていることだ。ドラクルは「てりやき野菜ラップサンド」がお気に入りで、裕貴は持ち帰りのときは必ずそれを作るようにしていた。

「ただいま帰りました～」

今までは無言で開けていたドアも、ドラクルが同居するようになってからは必ず声をかけるようにしている。

玄関で靴を脱いでいたら、部屋の奥からぱたぱたと毛玉に羽が生えたようなコウモリがやってきた。ふくふくと丸いフォルムで、コウモリというより以前ＳＮＳで見たシマエナガという鳥に印象が近い。

「おかえりなさい、ゆうき」

「ただいま、バーニー」

見た目がまるでぬいぐるみのような人語を話すコウモリ・バーニーは、ドラクルの眷属の一匹だ。眷属の中ではリーダー格であり、ゲーム内ではドラクルとともに死んだはずだが、同じく転生したらしい。

転生初日、バーニーはドラクルのマントの内側で眠っていて、裕貴もドラクルも暫《しばら》くその存在に気づいていなかった。バーニーもいる、と知ったときのドラクルの喜びようといったらなかった。

──ただ、転生できたのはバーニーだけみたいだ。……ドラクル様も、色々ひっくり返して探してたけど。

バーニーは裕貴の周りをくるりと一回飛び回る。

「ドラクルさまは、いまおふろそうじしてますよ！」

バーニーの報告に、裕貴はひっと息を呑《の》む。

「ドラクル様にそんなことをさせるの、本当に気が引ける……寿命が縮む……」

ゲーム内でもドラクルの身の回りの世話を焼いていて、ぬいぐるみのような姿ながら掃除や洗濯もこなすバーニーは、溜息《ためいき》を吐いた。

「それはわたしもですよ……」

「──まだそんなことを言ってるのか、ふたりとも」

廊下の途中、脱衣所からひょっこりと顔を出したドラクルに、裕貴とバーニーは「わっ」と声を揃《そろ》えた。

「おかえり、裕貴」

「ただいまです、ドラクル様」

ドラクルは微かに笑んだ。もう何度も顔を合わせているのに、毎回胸がきゅうっと締め付けられてしまう。

ふたりと一匹でリビングに戻りながら、小さく息を吐いた。

——はあ……今日もドラクル様の顔がいい。

今朝も同じことを思ったたし、それどころかもう二週間も毎日顔を合わせているが、未だに新鮮な気持ちでドラクルの顔に見惚れてしまう。美人は三日で飽きるというけれど、まったく飽きがこない。毎日ゲームで見ていて飽きなかったのだから当然か、と内心ひとりで納得する。

こちらの世界に来たときに身に着けていた燕尾《えんび》服のような衣装とは違い、鎖骨が微かに覗くローゲージのセーターに細身のテーパードパンツというシンプルな出で立《いた》ちなのだが、美しさは少しも損なわれていない。

むしろオフショット感があって大変によろしい。

……ドラクル様ファンは未だに悲しみにくれているのに、なんだか申し訳ない。

ゲームをプレイしていたときもそうだったが、自分にとってドラクルは日々生きていくのに重要な糧だ。

芸能人などの秘密の恋人もこんな気持ちでいるのだろうか、などと考え、自分は別に恋人でもないのにと己の図々しさに若干打ちひしがれる。

「ねえねえゆうき、きょうのごはんはなんです?」

バーニーの呼びかけに、はっとして笑顔を作った。

「今日も、うちのお店の料理なんですけど……いつもの『てりやきラップ』と、『生ハムときのこのマリネラップ』と、あと日替わりの『かに玉ラップ』です」

ダイニングテーブルの上に、ラップサンドが入った袋を置きながら言うと、ドラクルが首を傾げた。

「カニタマ？　とは、なんだ？」

「えっと、蟹《かに》と卵……蟹といっても、本物の蟹じゃないんですけど……なんて言えばいいのか……」

曖昧なことしか言えない裕貴に、主従が顔を見合わせている。

かに玉ラップサンドは、タラバガニ風の太いカニカマと、チーズを混ぜたスクランブルエッグ、トマトや玉ねぎやレタスなどのサラダを生地で巻いたものだ。

ドラクルとバーニーは当然ながら、カニカマというか練り物の存在自体を知らないようで、白身魚を擂《す》って……という説明を聞いても不思議そうな顔をしていた。

「まあ、とにかくおすすめなので、食べてみてください。俺、スープ作りますね」

ドラクルとバーニーの意識はもうラップサンドに向いていて、紙袋の中を覗いていた。

――う、ふたりとも可愛いな……。ギャップ萌えだ。

相も変わらず美しく端正な横顔だが、わくわくした様子がほんの少し零《こぼ》れていて、ゲームではついぞ見ることのなかった側面がとても可愛らしく見えてしまう。

見惚れそうになるのをぐっと堪《こら》えて、裕貴は鍋《なべ》を火にかけた。

――それにしても。

職業柄キッチンはそこそこ丁寧に使っているつもりだったが、ふたりが来てからというもの、キッチン周りがとても綺麗《きれい》になった。むしろキッチンだけでなく、部屋全体もそうだ。

「裕貴、どうした？」

以前よりずっと綺麗になった部屋をぼんやり眺めていたら、ドラクルにそんな問いを投げられる。

「いえ、ドラクル様のお陰で部屋が綺麗だなと思って……あの、本当にいいんですよ、ゆっくりされてて」

なにせ、「ドラクル様」は常にどっしりと構え、優雅に紅茶を啜《すす》っていたキャラクターだ。

だが裕貴の言葉に、ドラクルは一瞬ふっと表情を消し、それから苦笑を浮かべた。

「ゆっくりするにも限度があるからな。それに、案外面白いぞ。タブレットで色々と勉強してだな……」

当初、暇つぶしになるかと思いタブレット型コンピューターで電子書籍の見方をドラクルに教えたのだが、今はそこで掃除や整理整頓《せいとん》、片付け術の本などを閲覧しつつ、掃除をしてくれているらしい。ちなみに、漫画は読み方がよくわからないそうだ。

「それなら、いいんですけども……」

ドラクルたちの「異世界とのギャップの戸惑い」は、さほど大きくはなかった。この二週間で、ドラクルはこちらの常識なども随分と把握したようだ。

車や飛行機などの存在には多少驚いていたが、電気ガス水道に始まり、家電製品や、携帯電話などの電子機器の使い方、貨幣価値、買い物の方法などを少しずつ教えた。当初は戸惑いを見せていたものの、二週間もいれば諸々慣れて順応するものだ。

——まあ、海外生活みたいなもんで、そりゃすぐ馴染《なじ》むよね。

だが、彼はいわば特権階級の人間だ。人を使うことに慣れているはずなのに、バーニーという従者がいるにも拘《かかわ》らず、基本的にはなんでもひとりでやっているようで、それが不思議だった。ゲーム内の彼は、到底そういうことをするタイプではない。

——まさか、ドラクル様が家事をしてくれるなんて誰が想像できたのか。

小竜公・ドラクルは、その名の通り貴族であり、ゲーム内では一番高い身分のキャラクターであった。だから、忌憚《きたん》なく物を言うし、時には傲慢《ごうまん》な物言いもする。

座っていれば、バーニーのような眷属、あるいは使用人が上げ膳据え膳でなんでもしてくれる、という育ちでもあった。

——それが、今はうちで家事をしてくれてるのが、本当に信じられん……。

バーニーはそもそもそういった役割をしていたのでともかく、ドラクルの家事をしている姿はまだ慣れない。しかも仕事が丁寧で細かい。毎日ガス台の五徳を外して洗っている、と報告を受けたときはひっくり返りそうになった。

「裕貴、なにか手伝おう」

「えっ！」

袋を覗いていたはずのドラクルがいつの間にか横に立っていた。

「あ、えっとじゃあ、スープカップを出して頂いて、あとカトラリーとかの準備をして頂いても……」

「もちろんだ」

にこりと笑い、ドラクルがバーニーを伴って食器棚から皿を取り出してテーブルへと持っていく。

ときめきに高鳴る胸を押さえつつ、鍋にコンソメスープのキューブを二つほど入れて、冷蔵庫の余り野菜などを細かく刻んでゆっくりと煮立たせる。

野菜が柔らかくなった頃合いを見計らって火を止め、ドラクルが用意してくれていたスープカップ二つに注いだ。

「ドラクル様、できましたよ。……あれ、食べていてくださってよかったのに」

待ちきれない感じだったのでもう先に食事をしているだろうと思っていたが、ドラクルはダイニングテーブルの前で大人しく待っていた。そして裕貴のリアクションに、苦笑する。

「裕貴が色々やってくれているというのに、そんなわけにはいかないだろう。さあ、食べよう」

すみません、と言いながら、慌てて彼の対面に座る。

いただきます、と言うと、そんな習慣はなかったはずのドラクルとバーニーも同じ言葉を口にした。これは、裕貴と食事をともにするようになってから彼らが始めたことのひとつでもある。

「では、おさきにしつれいします」

そうかしこまって、バーニーはドラクルが手にとったかに玉ラップに、一口齧《かじ》りついた。つぶらな瞳がきらきらと輝く。

「ん！　おいしー！　ドラクルさま、これはよいですよ！」

あぐあぐ、とラップサンドを齧るバーニーに、ドラクルも裕貴も思わず顔が綻《ほころ》んだ。

こちらの世界に彼らが来た当初から、食事は必ず、バーニーがまず食べて、それからドラクルが食べる、という形を取っている。

これは、「毒味」だ。日本において、食事に毒が仕込まれるという事態はまず起きないが、彼らの文化であり習慣なので、形式的に経ずにはいられないものなのだろうな、と裕貴も思っている。

――多分だけど、毒味があるからドラクル様も馴染みのないこっちの料理が口にできるんだよね。

どんな食べ物でも怯《ひる》まないバーニーがまず食べてくれるお陰で、ドラクルも得体が知れなかったであろうラップサンドを、躊躇《ためら》わずに食べてくれたのだ。今ではすっかり、気に入ってくれている。

「むむ。いつもと、かわがちがいますね……！」

「お、当たりです。かに玉ラップは、皮が全粒粉なんですよ」

違いのわかる従者にそう言うと、バーニーは「ほほう！」と頷く。

「いつものもよいですが、これもこうばしくて、とてもびみです。『カニカマ』なるものは、あいそのにおいがします。かむとじゅわっとうまみがひろがりますね。カニカマと、ちょっとあまめでふわふわのタマゴとで、あいしょうばつぐんです。そこにからむとろみのあるタレも、あまじょっぱくて、ちょっとすっぱくて、おいしゅうございます！」

鼻息荒くグルメレポートをする従者に、ドラクルが目を細める。少し汚れた口元を拭《ぬぐ》ってやる仕草さえ美しい。

それからバーニーが、てりやきサンドと生ハムときのこのマリネサンドにも順に齧りつき、やっとドラクルへ渡る。

「……うん、美味しい」

咀嚼《そしゃく》し、嚥下し終えてから、彼は宝石のような目を輝かせながら「裕貴」と呼んだ。

「カニカマは、魚介の風味がするこの柔らかいもののことだな？」

「正解です」

「バーニーが言っていた通りだな。スクランブルエッグとも合う。とても美味しい」

よかった、とほっと胸を撫《な》で下ろす。

――ドラクル様って、ほんと、いつも感想言ってくれるなぁ。美味しいときは必ず褒めてくれるし、恐らく彼の口に合わなかったときも、否定的なことは言わないし、残さずきちんと平らげる。

ドラクルはセロリやパセリなどは好きなようだがパクチーは駄目だったようで、そのときも「独特な味で、なんというか、体に良さそうだな」と言っていた。ちなみにそちらはバーニーも苦手らしく「しょうどくやくのあじがします」と顔を顰《しか》めていた。

ただゲームの中で飲食した際には割と滔々《とうとう》とうんちくを語っているようなイメージがあったのだが、その傾向は見られなかった。裕貴はそれも好きだったのだが。

もぐもぐと咀嚼していたものを飲み込んで、ドラクルが「裕貴」と名前を呼ぶ。

「……ずっと気になっていたことがあったのだが」

深刻な口調に、思わず背筋を伸ばした。

「えっ、はい、なんでしょう」

異世界なのだから、それは気になることだらけだろう。それとも、じろじろ見すぎたか。あるいは、裕貴が色々ゲームと比較して考え込んでいることを不審に思ったか。

改まってなんの話だろうかと緊張する。

「――何故裕貴は、初めて会ったときから私の名前を知っていたのだろうか？」

思いがけず今更の問いかけに、「……あれっ？」と間の抜けた声を上げてしまった。

「そういえば、説明してませんでしたっけ？」

ドラクルはゆるく頭を振る。

特に言及されなかったので、なにも説明したりされたりしないまま、二週間という時間を過ごしてしまっていた。

――よく考えなくても、偶然居合わせた異界人が自分のこと知ってるって変だよね。

ドラクルもこちらの生活に慣れることが優先で、そして心身ともに休みたい状況だったのだから、それを追及するどころではなかったのだろう。

あるいは、ずっと気になっていたのにタイミングを逸してしまっていたのかもしれない。

「説明不足ですみません！　ええとですね、こちらの世界では携帯電話でできる『アプリゲーム』なるものがありまして……で、そのうちのひとつが、ドラクル様の元いた世界だと思われます」

ドラクルは一瞬「お前はなにを言っているんだ」という顔をしたが、自分が異世界からやってきたという非現実的な大前提を思い出したのか、数秒の葛藤《かっとう》の末どうにか飲み込んだようだ。

恐縮である。

「……そのゲームとやらが、私が元いた世界、とそういうことなのか？」

「あ、そうそう、そうです。流石ドラクル様、理解が早いです」

「……つまり裕貴も、そのゲームに興じていて、だから私を知っていた、ということなのだな？」

「そのとおりです」

察しがよいドラクルに深く頷く。

だがやはり飲み込みきれなかったようで、ドラクルは頭痛を堪えるような仕草をした。

見せたほうが早いか、と思い、久しぶりにアプリを立ち上げようとしてはっとする。

——このゲームには、もうドラクル様はいないんだった。

バトルゲームに使用する「ドラクルのカード」自体は残っているし、クリア済みのドラクルのストーリーも見ることは可能なのだが、それはあくまでログであり、もうドラクルは死亡している、という事実は残っている。

それを本人に提示するのも憚《はばか》られて、結局、公式サイトのキャラクター設定を見せることにした。

「ほう、これが私か。そっくりだな！」

「小竜公・ドラクル」の立ち絵やキャラクター設定などを見て、ドラクルが声を立てて笑う。

その様子に、裕貴は内心安堵の溜息を漏らした。

バーニーも覗き込んで、「どんなしょうぞうがよりも、そっくりですね！」と嬉《うれ》しそうにしている。

「この『CV』というのは？」

「えっと、キャラクターボイス……ドラクル様の声をあてている人です」

「声をあてる？」

　意味がわからない、とドラクルが首を捻る。

　──そりゃそうだよね、自分の声をあてている他人、って意味がわかんないよね。

　彼らの世界における「お芝居」は舞台演劇のみだ。吹き替え、と言っても当然通じず、苦心して「動く絵の、科白を読むことです」と説明する。

　やはり見せるが早いかと、ゲームのリリースが決定した際に公開されたキービジュアルの動画を見せた。ドラクルはそれを視聴し「確かに私の声だが、こんなことを言った覚えはないぞ？」と不思議そうだ。

　ゲームの起動時にキャラクターがタイトルコールをした際に、「ルサンチマン・レジスタンスとはなんだ？」と訊かれたのには驚いた。聞いたことすらない単語だと言われて、そりゃそうかと思いつつびっくりしてしまう。

「……このゲームで、私の人生がそのまま見られる、とそういうことか」

　ぽつりと呟きが落ち、裕貴は躊躇いながらも頷く。

「多分、そうだと思います。人生が、というか、あくまで『パンドラの匣』を巡る戦いの周辺だけ、ですが」

「なるほど。……『多分』というのは？」

「本当に、一言一句、一挙手一投足、同じかどうかは、俺にはわからないので」

そうか、と言ってドラクルはゲーム画面を見ていた。

取り敢《あ》えずメインストーリーの一話だけを見てもらったら、次第になんとも言い難い表情に変わっていく。一話を見終えて、ドラクルは苦笑した。

「……概《おおむ》ね、というか恐らく私の記憶よりも正確な『記録』だな、これは」

少なからず、裕貴はドラクルが認める前から「ゲームの世界」と「ドラクルの来た世界」を同一視していたし、やはり、と思ったが口には出さなかった。

ありがとう、と言ってドラクルは携帯電話を裕貴に返す。

「不思議なものだな。こちらの世界では、私たちが『架空の存在』で、しかも娯楽として存在しているなんて」

どこか自嘲気味な口調でドラクルが言う。

本人たちからすれば命がけの真剣な戦いで、しかもドラクルなど命を落としたというのに、それがこの平和な世界のゲームだと、現実ではなく紛《まが》い物なのだと言われたら——初めから志半ばで死ぬ運命だったのだと知ったら、複雑な思いを抱えて当然だ。

「でも」

無意識に口から出た言葉に、自分でも驚く。けれどドラクルがこちらに目を向けたので、裕貴は続けた。

「俺は、ドラクル様があんな目に遭うなんて思わなかったし、本当にショックでした」

「……だが、単なる『娯楽の創作物』の話だろう?」

「俺はドラクル様を失って、明日からなにを支えに生きていけばいいのかって思って絶望してました」

堪らずにそう告白すると、ドラクルとバーニーはぱちぱちと目を瞬かせた。

「そうなのか」

「そうですよ!」

もはやドラクルの言葉を遮る勢いで肯定する。

ドラクルが「現実」に現れて、日々忙しくなったということもあるが、裕貴はあの日以降一度もゲームのアプリを開いていなかった。ドラクルがいなくなったら、もうやる意味がないからだ。

「俺だけじゃないです、ドラクル様が酷い目に遭わされて、怒ったり悲しんだり泣いたりした人は、他にもたくさんいます! 証拠もありますから!」

「証拠……」

お見せしましょうか、と言いながら携帯電話を握ると、いやいやとドラクルは頭を振った。

「そうか。……裕貴も泣いたのか」

「もちろんですよ！」

ドラクルが言い終わるか終わらないかのうちに、またしても勢いよく肯定する。ドラクルはきょとんと目を見開き、それからおかしげに笑った。

「ふむ、そうか」

そうですとも、と裕貴は頷く。

そもそも、あんな裏切り方はない。いままで共闘してイベントを解決してきたのに、不意打ちのように攻撃するなんて。思い出すだけで涙が滲む。

実は、主犯格のキャラクターが誰だったかは未だわからない。近々推理パートが始まるのでは、という予想をSNSで見かけた。

ドラクル自身は相手を覚えているだろうが、到底訊く気にはならなかった。ネタバレになるからではない、純粋に腹が立つからだ。

「もう、公式には連日怒りの問い合わせが殺到してます。ドラクル様は、本当に本当に、たくさんの人から愛されてたので！」

ほら見てください、とドラクルの死亡エンドに抗議する人々の意見をまとめたサイトを携帯電話の画面で見せる。

もしあの晩にドラクルと邂逅《かいこう》していなかったら、自分もいずれは抗議していたかもしれない。

話しているうちにヒートアップしてきてしまい、鼻息荒く説明し続けていると、ぽかんとしながら聞いていたドラクルが、ふ、と小さく吹き出した。

その様子に、自分が興奮しすぎていたことを唐突に自覚して赤面する。無意識に腰を浮かせていたので、慌てて椅子に座った。

「す、すみません、俺、一人でべらべらと……」

「いや。……恨んだところで、恨みようもないからな、もう私は別の世界にいるし」

元の世界では死んだことになっていて、どうしようもできないのだと。

「だが、自分のために憤慨し、悼んでくれる者がいるとわかったら、少し、救われた気持ちにはなるかもしれないな」

美しい顔で笑いながら、対面からドラクルは裕貴の髪に触れた。

予期せぬ接触に、反射的に身を引いてしまった。目を丸くするドラクルに、はっとして慌てて首を振る。

「違うんです、ドラクル様に触られて緊張しちゃって……!」

避けたわけでもないし他意もない。そう言いたいのに、そこに若干の後ろめたさがあって、言い訳が喉に絡まって出てこなかった。

あの、と絞り出した声は、情けなく掠《かす》れた。

ドラクルは裕貴の言動に追及することもなく、手を引いた。

「裕貴は優しいな」

思いもかけなかった言葉に、裕貴は頭を振る。

「……裕貴がいてくれて、色々と、とても助かっている。私ならこんな面倒事、絶対に引き受けない」

そんなことないです、と言いたいのに、再び声が詰まった。

自分が今しがた働いた無礼で、そんなものはすべて台無しになったような、そんな気さえしているのに。

「困っている人を見ないふりできないというのもありますけど……だって俺、ドラクル様のファン、ですから」

前のめりになった裕貴に、ドラクルの顔が微かに強張った気がした。けれどそれは一瞬のことで、気の所為《せい》だったのかもしれない。

打算的なことを言って呆《あき》れられたかと不安になっていると、彼は首を横に振った。

「ファン、か。だからといって、こんなに助けてくれる者はそう多くない。いくら好きでも、自分の身を削り続けることができる者は稀《まれ》だ。それは、裕貴が優しいからだ」

「ドラクル様、そんなこと……」

「先程は、断りもなく触れて悪かったな。……つい、バーニーにする感覚で触ってしまった」

ドラクルは、どこか憂いを帯びた様子でそう呟く。

ふよふよと宙を浮いていたバーニーが、ドラクルの肩に止まった。顎のあたりを撫でられて、気持ちよさそうに目を細めている。

ぬいぐるみのようなバーニーと同じ感覚だと言ってもらえたことに、ほっとしたような、残念なような、自分でもよくわからない感情に囚《とら》われた。

「だから、裕貴がなにか、私に頼りたいことがあったり、願い事があったりしたら、遠慮なく言ってほしい。でき得る限り、叶《かな》えよう。そんな力が私にあれば、なのだが」

「そんな、俺……その言葉がもらえただけで、僥倖《ぎょうこう》です」

そう言うと、欲のないやつだと笑われた。何故か、その顔は少し寂しそうに見えた。

ドラクルはラップサンドをひとつ平らげて、好物のてりやき野菜ラップサンドに手を伸ばす。一口齧って「美味だな」としみじみ言うドラクルが可愛くて、癒《い》やされた。

「この世界にやってきてよかったと思えるうちのひとつは、『てりやき』に出会えたことだ」

「大袈裟ですね」

大袈裟なものか、とドラクルは笑った。こんな他愛ない会話を、ドラクルとできている現実が、未だに信じられない。

一方で、ひやりと胸の奥が冷える感覚がして、裕貴はぐっと唇を噛んだ。

——ドラクル様への気持ちは、『恋』に近いものだと思ってた。だけど、実際に三次元の世界で「実物」に出会うと、「推しキャラへの愛」だな、って気がする。

うんうん、と内心で頷く。

何故なら、自分はリアルに恋はしないから。

二次元ならばともかく、相手が男性であれ女性であれ、恋はしないと決めたのだ。だから、ドラクルへの気持ちは「推しへの愛」であり「萌え」であり、それが「恋心」などにはならない。

嚙んで含めるように心中で繰り返す。

——うん。間違いない。

そう心の中で結論づけるのと同時に、ドラクルが「もうひとつ」と言った。

「え?」

「てりやきも勿論《もちろん》だが、裕貴と出会えたのがやはり一番のよい出来事だと思う。私は悪運が強い」

どっ、と心臓が大きな音を立て、無意識に胸を押さえる。

恋ではないと終着したはずの気持ちを、思い切り引き倒された気分だ。もはやこの気持ちはなんなのか考えるのを放棄する。

ドラクルは揶揄《からか》っているのでも煽《おだ》てているのでもなく、思ったことを素直に口にするタイプだというのは重々承知しているので、少々破壊力が大きかった。

胸を押さえて硬直する裕貴に、ドラクルは怪訝そうに首を傾げた。

「裕貴? どうした」

「いえ、なんでもないです……」

「いつも、食事を用意してくれて申し訳ない。……本当に感謝している」

追い打ちをかけるドラクルに、裕貴は内心身悶《みもだ》えながら首を振った。

「いえ、全然です……全然……。ラップサンド、二つまではまかないとして持ち帰れるし、それ以外は社割りで買えるので、それほど負担でもないんですよ……ええ、全然です……」

「だが、食費だけの話ではない。光熱費や家賃なども、裕貴ひとりに負担させている状況だろう」

「それはもともと一人暮らしなので、あまり気にされるところじゃないですよ、本当に」

どうにか気持ちを立て直してにこりと笑顔で言うが、ドラクルは納得した様子ではない。

「……私にできそうな仕事は、なにかないだろうか」

「お仕事、ですか？」

あまりに意外な言葉に、つい問いかけてしまった。

ゲームの中では、戦うことが彼の仕事のようなものだ。それに、もし戦いに身を投じなくとも、彼は「貴族」であり、労働とは程遠い立場である。

裕貴が発言する前に口を開いたのは、バーニーだった。

「な、なにをおっしゃいます！　ドラクルさまがろうどうなど！」

とんでもないことです、とバーニーは羽ばたきながら主君を諭す。だがドラクルは、自嘲的な笑みを浮かべて従者を撫でた。

「私はもう、貴族ではない。この平和な日本という国では、戦いも必要がない。モンスターと戦う力も必要ない。……そんなものは、もはや塵《ちり》ほどにも役に立たぬものだ」

あちらの世界では存在意義にも等しかったものを、ドラクル本人が否定する。

こちらの世界にきた当初、ドラクルとバーニーが受けたカルチャーショックの最たるものは、恐らく「どう稼ぐか」というものだっただろう。

そして、あらゆるものに対価、つまり金が必要だということにも驚いていた。貴族の彼に「賃貸」という概念はなく、月に一回家賃を払い、水道光熱費などにも使用料が発生するということに衝撃を受けていた。

——元はお貴族様だし、それにあちらの世界ではモンスターがアイテムとか貨幣に相当するものを落とすもんな……。「モンスターの討伐や戦以外で、金を稼ぐとは……?」って困惑してる推しは可哀想だけど尊かった。

裕貴としては、だからといってドラクルが気にすることではない、と思っていたのだが、彼は日々そのことについて考えていたらしい。

「本来ならば収入がなければ生きていけないのに、裕貴の親切心で生かしてもらっているようなものだ。これ以上、裕貴に我々を養う負担を強いるわけにはいかないだろう?」

ドラクルが言うと、バーニーがぐっと言葉に詰まる。

「私もお前も、この世界のことをまだよくわかっていない。社会に馴染むには、労働をするのが近道だろう」

従者の反論を封じたドラクルは、再び裕貴に視線を戻した。

「恐らく、私は本来、この国に滞在することも難しい存在だ。だが、どうにか働き口は得られないものだろうか……」

「ドラクル様……」

彼は、この世界に来てからテレビや本、ネットの記事などを見て、社会的な常識を多少は得ている。

――……労働は、確かに結構厳しい。

恐らくそれが彼自身もわかっているから、裕貴に訊いているのだろう。

裕貴もこうして訊かれる前に少し調べてみたのだが、もしドラクルが日本でまともに生活をするならば戸籍が必要だ。その場合、家庭裁判所に就籍許可を申し立てる必要がある。

取得できる可能性が高いのは、「記憶喪失である」とすることだ。

――実際、記憶喪失で身元不明の人が戸籍を新しく取得した事例はあるっぽい。でも……。

問題は、ドラクルの容貌《ようぼう》だ。

日本語が流暢《りゅうちょう》であり、読み書きもでき、社会的な常識もある程度は持っているが、明らかに日本人ではない容姿をしている。そんな彼が「記憶喪失だ」と言ったところですんなり日本の戸籍が得られるかどうかはわからない。

また、仮に外見が日本人であったとしても、戸籍を得るまでには病院での治療・経過観察などを経て長期的な時間を要する。普通は、自治体や非営利団体の世話になるようだ。

「……アルバイト……非正規雇用なんですが、ちょっと、オーナーに訊いてみます」

「裕貴の雇い主にか？」

はい、と頷く。

オーナーで友人の千尋ならば、恐らく融通してくれる。彼はいくつも店を持っていて、その中には「わけあり」を雇っていることもあるのだ。

「ということは、……このてりやきの店で働く、ということか？」

正確にはカフェバーなのだが、ドラクルの中ではもう「てりやきの店」なのがおかしい。それだけ好いてもらえれば、てりやき野菜ラップサンドも本望だろう。

先程まで渋っていたバーニーが「それはよいですね！」と賛同する。

「ゆうきとおなじみせなら、あんしんです！　それに、てりやきもたべられますね！　ねっ、ドラクルさま！」

てりやきがまっさきに出てくる眷属に、そうだな、とドラクルが微笑《ほほえ》む。

「絶対とは言い切れませんが、多分、大丈夫だと思います」

俺も大概「わけあり」なので、という言葉を飲み込む。

「そうか、わかった。……裕貴の顔を潰《つぶ》さぬよう、頑張ろうと思う。よろしく頼む」

まるで戦場に出るような顔で言うドラクルに、裕貴もはいと頷く。実際、裕貴にとってもそれくらいの気持ちであった。


「いいじゃな〜い。よく見つけてきたわね、あんな掘り出し物」

「千尋《ちひろ》さん……暇なんすか」

カウンター席で頬杖《ほおづえ》をつきながらにやにやしているオーナー・目黒《めぐろ》千尋に裕貴《ゆうき》が思わずそんな指摘をすると、彼は唇を尖《とが》らせた。

「暇じゃないわよ。これもオーナーの仕事なんですぅ」

カウンター席で店員を見ながらにやにやすることが？　と思ったが、口にはしなかった。

千尋は裕貴の雇い主であり、友人であり、恩人でもある男性だ。ドラクルほどではないが背が高く、黙っていればとても端正で綺麗《きれい》な顔の男で、女言葉で気さくにしゃべる。

千尋の視線の先では、先週採用されたばかりのドラクルが、客に給仕をしている真っ最中だった。

――バーニーは「おいたわしい……！　ドラクルさまが、しようにんのまねごとなど……！」って泣いてたけど、やっぱりかっこいい。皆と同じ制服とは思えないもん。

支給される制服は黒のカッターシャツに黒いスラックス、黒のギャルソンエプロンというシンプルなものだが、シンプルだからこそ素材の良さが生きるというものである。

長身で派手な見た目だからというだけでなく、作り物のように美しい彼はとても目を引いた。千尋だけでなく、先程から女性客や男性客もドラクルにぼんやりと見惚《みと》れている。

――千尋さんに相談してよかった。

訳ありを受け入れてほしいという厄介事を頼むのは、彼の信頼を裏切ることになるかもしれない。そんな不安を抱きながら相談したところ、千尋はあっさりと受け入れてくれたのだ。

「裕貴の紹介なら」と言ってくれて、ありがたかったが戸惑いも強かった。

「裕貴。それより手を動かしなさい、手を。ディナータイムは忙しいのよ！」

「動かしてるよ、さっきからずっと！」

笑いながら返すと、千尋もおほほと芝居がかった高笑いをする。

カウンター内のキッチンで、裕貴は先程からずっと、軽食とドリンク類を作り続けているのだ。背後のキッチンでは、店長の小杉《こすぎ》とアルバイトが忙《せわ》しなく動いている。

「んふふ。前門に汗水たらして働く男、後門には優雅に給仕する男。ここは私の楽園だわぁ」

「一応飲食店で『汗水たらす』って表現はやめてね千尋さん。なんか汚い」

「細かいことといちいちうるっさいわねえ」

軽口の応酬に、互いに笑い合っていたら、ホールからドラクルがやってきた。

「――裕貴、五番のドリンクはできているか」

裕貴は手元のお盆にグラスを載せて、カウンターにすかさず上げる。

「はい、今できました。よろしくお願いします」

それを重力を感じさせない動きですっと取り、千尋に目礼してからドラクルがホールへ戻っていく。そして、客の前に優雅な仕草で置いた。

若い女性客二人は礼を言いながらも、その視線はドラクルの顔に釘付《くぎづ》けである。

「どうなることかと思ったけど、接客業が初めてとは思えないわねぇ」

千尋の言葉に、裕貴は強く頷《うなず》く。

「いや、それは本当に……」

接客業どころか、彼は就労経験自体が初めてのはずだ。

正直なところ、ドラクルは割と「傲岸不遜《ごうがんふそん》キャラ」という設定だったので、接客対応ができるかどうかは未知数だった。

だが蓋《ふた》を開けてみれば、もともと物覚えがよく優秀で器用なために仕事をミスすることがなく、なんでもそつなくこなす。曰《いわ》く、長年側仕《そばづか》えを見ていたので、とのことだった。

「……正直、クレームとか起きたらいつでも飛び出す心構えだったんですけど」

キッチンで調理をしつつ言えば、千尋はおやと意外そうな顔をした。

「飛び出すって……あんた無理すんじゃないわよ。あんたよりドラクルくんのほうがよっぽど処理できるわよ絶対」

「なんでですか。俺の笑顔、お客さんには受けがいいんですよ」

そう言って、慣れた営業スマイルを顔に貼り付ける。

クレームなどがあった場合、よほどな言いがかりのパターンでない限りは、笑顔で「どうなさいました？　申し訳ありません！」と畳み掛ければ大概は毒気を抜かれるものだ。

だが千尋は大きく溜息《ためいき》を吐《つ》いた。

「それ、あんたのいい癖だけど悪い癖でしょ」

ばっさりと切られて、思わず頬が引きつった。

「笑顔でゴリ押しするのはそりゃ感じはいいけど、サンドバッグになりがちじゃない。それじゃあんたが辛《つら》いばっかじゃないの」

ずばずばと容赦のないことを言う千尋に、うぐ、と詰まる。

「それにね、日本人ってアングロサクソン系に弱いから、まあ文句は言わないのよ。相手が日本人店員なら言う文句でも、アングロサクソン系の店員には言わない。女性相手なら強気で横柄な態度に出るやつほど、大柄な男性相手には言わない。そういうもんなの」

「はあ、なるほど……？」

「それでもお構いなしに絡むなら相当厄介なやつってことだけど」

もともとそんなに面倒な客層ではないが、いかにも外国人、しかもCGのような作り物めいた美貌《びぼう》の持ち主で、そのくせすらすらと流暢《りゅうちょう》な日本語を話す、という点でドラクルは面倒なことに巻き込まれることが起こりにくいようだ。

「でも一番は、ドラクルくんが優秀ってことだけどね。紹介してくれてありがとね」

ウインクしながら礼を言われて、ぎこちない下手くそな笑みを返す。

いつの間にかカウンターに近づいていたドラクルが、そんな裕貴を見て怪訝《けげん》な顔をした。

「さて、と。もう時間ね。一旦《いったん》レジしめるかぁ。ふたりとも上がっていいわよ～、お疲れ様」

バータイムシフトのスタッフがフロアに出てきたタイミングで、千尋がそう言って腰を上げる。キッチンの中にも、同じように声をかけていた。

「あ、じゃあ千尋さん、お疲れ様です」

「オツカレサマデス、お先に」

いまだ慣れない口調で、ドラクルも挨拶《あいさつ》をする。千尋は笑って「まかない作って持ってってね」と言ってくれた。

「ありがとうございます。じゃあ、ドラクルさ……ん」

様付けで呼びそうになり、慌てて言い換える。流石《さすが》に人前で「ドラクル様」と呼ぶわけにはいかない。だが油断するとうっかりしそうになる。

本人は「別にもう貴族でもなんでもないのだから様と呼ばなくていい」と言ってくれたのだが、これはもはや裕貴のオタクとしてのこだわりである。

「先に着替えててください、俺まかない作って持っていくんで」

「わかった」

こくりと頷いて、ドラクルがスタッフルームへと消えていく。

その様子を、千尋がにやにやと見ていた。無視をするべきと頭ではわかっているのに、「なんですか」と訊《き》いてしまう。

「ドラクルくんって、ほんと、作り物みたいな見た目よねぇ」

「そうですね」

千尋は裕貴に顔を近づけて、声を潜めた。

「で、本当になにもないわけ？　同棲《どうせい》してんでしょ？」

「……だからなんもないって言ってるでしょ。同棲じゃなくて同居です」

千尋との友人関係は、上京してから、彼がオーナーを務めるゲイバーで出会ったことから始まっている。初めてできた「同じ性的指向の友人」でもあった。

だから、千尋は裕貴の恋愛対象が同性であることも、裕貴が笑顔の裏で他者に対して強く身構えていることも、その原因も知ってくれている。

「なによりも、人間不信のあんたが他人と生活なんてありえないじゃない」

「人間不信って」

端的に言われて、苦笑する。

「そうでしょ。別にそれ自体は責めるつもりないのよ。当然だと思うしね」

一応隠しているし、千尋以外には気づかれていないのだからあまりずばずばと言わないでほしい。

そう思いながらもへらへらと笑っていたら、千尋は小さく息を吐いた。

「別にあたしにまで笑って誤魔化さなくていいのよ」

さくっと見破られたが、だからといって解除できるものではない。もはやこれは癖になった裕貴の武装だ。

「責めるつもりはないけど、改善したらいいな、とも思うわけよ。老婆心的なもんなの、ごめんね」

心配してくれている千尋を謝らせてしまった。そう思いながらも、察していないふりをして曖昧《あいまい》に笑う自分が嫌になる。

「でもドラクルくんと同居したってことは人間不信が緩和されたってことなんじゃないの？違うの？」

ドラクルに対して緊張感は持っているけれど、普段他者に対して抱いている警戒心のようなものは抱いていない。その理由は決まっている。彼は「人間」ではないし、なによりも「推し」だからだ。

だがそう説明するわけにもいかないので、やはり笑ってはぐらかす。

「綺麗でかっこいいけど、生々しさがないからかしら？　……本当に、なにもないわけ？」

「ないですねえ。それドラクルさんには訊くの絶対やめてくださいね」

「あったりまえでしょ。なんもなかったらアウティングになっちゃうじゃないの。あんただから訊いてんのよ」

確かに、それをドラクルに質問した時点で、裕貴の性的指向をバラすようなものだ。

――それに、ゲームが全年齢向けだから性的な話は当然ながら出てこないし、恋愛要素もドラクル様には皆無だったしな……。

千尋の言う「生々しさがない」というのは、そういうところに繋《つな》がっているのかもしれない。本来貴族であれば、十代くらいのうちに婚約者がいて結婚して、という話があってもおかしくないが、ゲームに無関係なので設定として存在していないのだ。

ゲームの設定といえば、あまり能力値に差がないバーニーに比べ、ドラクルはかなり違いがあった。多少は魔法が使えるし、成人男性の平均より腕力も体力もある。だが本人にしてみれば、ほとんどなくなったに等しいようだ。

牙《きば》も短くなり吸血した相手を同族に変える能力は消え、蝙蝠《こうもり》の姿になることもできない。ゲームで「死にはしないが苦手」とされていた日光・ニンニク・十字架は平気になったそうだが、恩恵があまりに小さすぎると裕貴は思う。

「ま、恋愛云々《うんぬん》は置いといて、これをきっかけに少しはその人間不信、緩和されるといいんだけどね。不便でしょ」

そう言って、千尋が優しく肩を叩《たた》いてくれる。

裕貴の抱えているものを、「不便」とだけ言ってくれる千尋に、何度も救われた気持ちになった。

「ありがと、千尋さん。本当に……今回のドラクルさんのこともだけど、色々感謝してます」

改めて感謝を口にすると、不意打ちを食らったように千尋はきょとんとした。それから「なによ急に、やーね！」と手を振った。その頬が赤い。存外照れ屋な彼に、裕貴は笑った。

「あんたほんと、そういうとこ素直で可愛《かわい》いわよね。根本はそうだし、一見人当たりよくてにこにこしてるからねえ、だから誤魔化されちゃうけど」

その点まったく誤魔化されてくれていない千尋がしみじみと言う。

彼が言うように、自分の人間不信は別に改善されたわけじゃない。人と本心で向き合ったりしないし、本音を笑顔で隠してしまう。それを「社会人なんだから多少なりとも皆そう」と、それは世渡りなのだと嘯《うそぶ》いて目を逸《そ》らしていた。

だけどドラクルがこちらの世界に来てからのことを振り返って、やはり「異世界の人だ」という認識と彼のキャラクターそのものが、彼に対して不信感という意味では身構えない、大きなポイントなのだろうなと分析する。

――だけど結局、「ドラクル様」に対しては別種の身構えがあるから対応としてはあんまり変わらない気がしないでもないけど。

推しが自宅にいる感覚は未だに慣れない。

寝室を明け渡すつもりだったが、ドラクルとバーニーは現在リビングで寝起きしている。朝起きてドラクルの姿を見る度に、新鮮な驚きが得られていた。

「そういや、前は暇さえありゃスマホ見てたけど、ゲームだっけ？　今はしてないの？」

「あー……そうですね」

ドラクルのためにやっていたゲームだから、実質、今も前もあまり変わらないが、流石にそれは説明するわけにいかないので「熱がだいぶ落ち着いたんです」と嘘《うそ》をついた。

「へー。じゃあそろそろ飲み会にも参加するわけ？」

ゲームにハマっているのは本当だが、職場の飲み会を辞退する言い訳にしていたので、藪蛇《やぶへび》だったと苦笑する。もちろん、千尋は裕貴が飲み会を極力避けていた理由を知っている。

「――裕貴」

名前を呼ばれて、顔を上げる。千尋と長話をしている間に着替えを終えていたドラクルが立っていた。

「あっ、ごめんなさい。俺も帰り支度……！」

しゃべっている間も手は動かしていたので、今日の夕食用のラップサンドは既にできている。千尋が席を立った。

「着替えてらっしゃいよ。あとあたしが包んどいてあげるから」

「す、すみません……！　あの、すぐ着替えてきますね」

いいってことよ、とウインクをする千尋に礼を言い、スタッフルームに戻る。ばたばたと着替えて、すぐに戻ると、ドラクルの姿はなかった。

あれ、ときょろきょろしていたら、千尋が声をかけてくれる。

「先にお店の外で待ってるって。まかないは持たせといたわよ」

「ありがとうございます、お先に失礼します……！」

他のスタッフも「お疲れ様です」と声をかけてくれる中、店を出る。ドラクルはドアの真横に立っていた。

「すみません、遅くなりました……！」

「いや、遅くはない。……行くか」

そう言って、ドラクルはくるりと帰り道の方向を向く。

「あ、紙袋持ちます」

ラップサンドの入った袋を、ドラクルに持たせっぱなしでは悪い。そう思って申し出たが、聞こえなかったのかドラクルはそのまま前を歩いている。

「あの、ドラクル様――」

持ちます、ともう一度言おうとしたら、ドラクルのアウターのポケットからバーニーがひょこっと顔を出した。

今日はずっと、彼のアウターの中で過ごしていたらしい。

「いいにおいですねえ、きょうのめにゅーはなんでしょう」

「ば……バーニー、顔出しちゃ駄目ですよ」

見た目は完全にぬいぐるみなのだが、しゃべっているので誰かに見られたらとひやひやする。ドラクルは外見がほぼ人間だからいいものの、バーニーは完全にこちらの世界には存在していない見た目をしている。

「見つかったら研究対象とかにされて身動きとれなくなっちゃうかもしれないんですよ」

小声で注意するのだが、だいじょうぶですよう、と言いながらバーニーはドラクルの持つ紙袋に顔を近づけ、ふんふんと鼻を鳴らす。

「バーニー、せめて隠れてください」

おろおろしていたら、ドラクルがアウターの内側にバーニーを隠す。アウターの合わせのVラインから、バーニーが顔を出した。「ぬいぐるみを携帯する美形」という感じになってしまったが、先程よりは安全だろう。

「まったく、わたくしめのすがたが『けう』だとは、なんぎですねえ。へいわなくになのはけっこうですが、けんぞくとしてのしごとがまっとうできないのは『いかんのい』です。ほんらいであれば、ドラクルさまのかわりにはたらくのが、おやくめですのに。それがこのすがたのせいではたせぬとは。ああ、これではただのごくつぶしです、じくじたるおもいです」

「だから、しー！」

ぬいぐるみに擬態している風だがぺらぺらとしゃべりまくるバーニーに、裕貴は慌てる。ふ、とドラクルが小さく吹き出した。

「ドラクル様、笑ってないでバーニーに注意しないと」

紙袋を持とうと手を伸ばしたが、反対方向に持ち替えられてしまう。

「いや、バーニーの言う通り『平和な国』なのは、確かにいいことだなと思ってな」

「……そこですか？」

「争いがないのはいいことだ。そうだろう？」

ずっと戦ってきて、それが当たり前の生活だったはずの彼の言葉の意図をはかりかねながらも、深くは追及できなかった。それが、ドラクル自身に言い聞かせるような響きを持っていたような気がしたからだ。

「まあ、この暗がりだ。話し声がひとつ加わったとて、大丈夫だろう。案外、人というのは己の常識内で補完する生き物だ。ハンズフリー通話だと思うだろうよ」

「なんか、すごくそれっぽいことを言いますね……」

「で、今日のメニューは？」

会話が戻って、はっと背筋を伸ばす。

「ああ、えっと、てりやきと、カルビと……」

楽しみだ、と主従が笑う。

バーニーの登場で、荷物を持つという申し出は結局うやむやになってしまった。


ふたりと一匹でマンションへと戻り、食事の準備をする。

「じゃあ俺、スープ作っちゃいますね」

「ああ、よろしく」

そう言うとドラクルは風呂の掃除に行き、バーニーは飲み物の準備をしたり、ダイニングテーブルにカトラリーなどを揃《そろ》えてくれたりした。

ドラクルが「こちらに来てよかったこと」は日々更新されており、そのうちの新たなひとつは風呂だ。ドラクルは風呂に入る習慣があったそうなのだが、屋敷のものより裕貴のマンションのバスタブのほうが広く浴室内も明るく清潔で気に入ったらしい。備え付けのシャワーと追い焚《だ》き機能に、本気で感動していた。

——さてと……今日は少し寒かったから、生姜《しょうが》入りのミルクスープにしようかな。

冷蔵庫から取り出した野菜やソーセージを切りながら、ふと考える。

自分ひとりだと、持ち帰った食べ物や、コンビニのおにぎりなどで済ませることも多かったけれど、ドラクルたちとの同居が始まってから、せめてスープくらいはと、毎日作るようになった。そのせいか、体調が少し良くなった気がする。

——なんか……色々感謝だな。

無意識に緩んだ頬を引き締めて、料理に集中した。

さっと作り終えたスープをカップによそって、ダイニングテーブルに運ぶ。主従は先に食事をすることなく、席に座って裕貴を待っていた。

「お待たせしました。……あれっ、サラダ？」

作った覚えのないものがテーブルに並んでいて、思わず声に出してしまった。

ラップサンドの他に、かぼちゃのサラダと、小さめのエッグタルトが三つあった。

「オーナーが『おまけ』だと言って入れてくれた」

こっそり渡さず言ってくれればいいのに、と思いながらも、オーナーはこういう小さなサプライズが好きな人なのだ。

「あとでお礼言おう……、あっ、ごめんなさい、どうぞ食べてください」

「いただきます」

「いただきまーす！」

日本式の挨拶を口にして、主従はラップサンドではなく裕貴の作ったスープから手をつける。

――あれ、そういえば……。

しばらく続いていた「毒味」だが、最近はしなくなった。料理がドラクルの眼の前で作られている、というのもあるのかもしれないが、もしかしたら、少しは信用を得たのかもしれない。

ぬいぐるみのようなバーニーが「あちっ」と声を上げた。

「あ、出来立てで熱いから気をつけてください」

今更の注意を口にすると、バーニーは「ん！」と頷いた。

あちち、と言いながらも、ぐいぐいとスープを飲んでいる。はらはらしつつ、裕貴は横目でドラクルをうかがう。

――ドラクル様も熱いのは苦手なんだよね。

対面に座る彼は、従者とは違い、スプーンで掬《すく》ったスープにゆっくりと息を吹きかけている。

ドラクルが猫舌な理由は、今まで熱いものを食べ付けていなかった、という事情がある。貴族である彼は、まず毒味を経てからではないと食事をしない。つまり、彼のもとに皿が運ばれてくる頃には、あらゆる料理が冷えているのだ。

当初は熱々のものに戸惑っていたドラクルだったが、今は「熱いほうがうまい」などと言うようになっている。

「……うん、うまい」

そっとスプーンを口に運び、そんなふうに言ってくれる。

たったそれだけで、胸の奥からじわじわと、あたたかいものが溢《あふ》れてくる気がした。

「ありがとうございます」

「シチューとは違うな。これはこれで、あっさりしていてうまい」

「今日のラップサンドはどちらもお肉なので、スープはあっさりめでお腹に優しい感じがいいかなと思いまして」

玉ねぎ、人参、きのこ類と生姜をコンソメで煮て、牛乳を混ぜるだけの簡単なスープだ。申し訳程度にソーセージが入っているくらいで、穀類や芋類は入れないので、よりあっさり仕上がる。

「――オーナーとは仲がいいんだな」

「え？」

唐突に切り出された話に、裕貴は目を瞬《しばたた》く。

「……店で、なにか耳打ちしあっていただろう？　随分と、仲がいいのだなと思って……」

意外な質問に、内心首を傾《かし》げる。

ドラクルの質問は、大体この世界に関することであり、裕貴の個人情報や交流関係について問われるのは極めて稀《まれ》だ。

「え？　あ、そうですね。もともと友人なので……」

けれど、裕貴の返答にドラクルは何故か困惑気味に、理解できない、というような顔をした。

友人なので、仲がいい。その説明に矛盾はないように感じるのだが、ドラクルにとっては繋がらない理論のようで、不可解そうにしている。

だがそれを突き詰めるより先に、ドラクルが再び口を開いた。

「オーナーと、なんの話をしていたんだ？」

「ああ、あれは……」

説明しかけてはっとする。

千尋がドラクルと裕貴の仲を邪推している、という話を、彼にするわけにはいかない。

別に大したことでは、と言いかけて口を閉じる。

――……ドラクル様は、仲間ではないにしろ一緒に行動してた相手に、騙《だま》し討ちで裏切られた人だった。

隠し事というほど大袈裟《おおげさ》なものではないが、訊かれたことを「大したことじゃない」と言って話さないのは、彼の不安を煽《あお》るかもしれない。そう考え直した。

「ドラクル様が働いてくれて、とても助かってる、っていう話です」

ドラクルと裕貴への邪推を省いた部分だけ伝えると、ドラクルは怪訝な顔になった。

「そうなのか？」

「もちろんです！」

笑顔を貼り付けて肯定する。

「トラブルもないし、所作も優雅だし、お客さんの評判もいいって」

裕貴が言うと、バーニーのほうが「とうぜんです！」と得意げに胸を張った。

「ドラクルさまにさーびすをうけるなど、ほんらいありえぬこと。あのみせのおきゃくたちは、とてもこううんです。それに、ドラクルさまにこなせないことなどないですからね！」

「何故お前が得意げなのだ……」

そう苦笑しながらも、ドラクルは嬉《うれ》しそうだ。裕貴もくすくす笑った。納得してくれたようでほっとする。

――こういう科白《せりふ》、ゲームだったらドラクル様が言いそうな感じだったけど。

一緒に暮らしていてそう思う場面は結構あって、ゲームの要素の多くはバーニーが担っているのかな、とも思う。ドラクルは、確かに身分が上の者、という言動はあるのだけれど、あまり極端ではない。

別の世界に来て、現状を受け入れて、変わらざるを得なかったということなのだろうか。

「裕貴はどう思う？」

「え、もちろん助かって……」

「いや、裕貴は昔の……ゲームの、魔法が使える貴族の私が好きだったのだろう？　ならばあくせく働く私に幻滅したのではないか？」

「――いや、それはないですね」

つい今しがた、ゲームとは少し違った面を実感していたタイミングだったので少々驚きながらも、反射的に強めの否定をしてしまった。

ドラクルが微《かす》かに目を瞠《みは》る。

「ドラクル様は、どこでなにをしていても、ドラクル様ですから」

あれからドラクルは、「ルサンチマン・レジスタンス」のストーリーを、バーニーとともにいくつか見たようだ。その際、何度かバーニーとともに「ドラクル様かっこいいですよねー！」と同調し合っていたので、一番好きなキャラクターだというのは如実に感じ取られてしまったのだろうとは思っていた。

「そうですとも！　げんめつなどありえません！　ゆうきのいうとおりです！」

バーニーが得意気に同調する一方で、ドラクルはただじっと裕貴の顔を見ていた。

見つめられて動揺しながらも、そこに探るような視線を感じて少し戸惑う。だが意図を問うのも憚《はばか》られて、裕貴は話の軌道を修正する。

「あと千尋さんと話してたのは『俺の人間不信』の話ですかね」

自分のことを話すのは、怖い。他者に本音を聞かせることは、裕貴にとっては「思い切り」を要することとなっていた。

けれどドラクルの先程の視線、それだけではなく普段の様子から、まだ裕貴に対し不安や疑念があるのかもしれない、と感じることがあったからだ。

——……信用してほしいのなら、自分のこともちゃんと話さないと、だよな。

そう思いながらも、自分の内面の話を切り出せたことが、我ながら意外でもあった。そして、少しの安堵《あんど》を抱く。

誰かに自分の内面を見せたり話したりすることは、できないと思っていた。それはドラクルが二次元の存在だから——というよりも、やはり、自分を頼って向き合おうとしてくれている相手に、なにも話をしないのは不誠実だと裕貴自身が感じたからだ。

主従は揃って目を瞬かせた。

「人間不信？　裕貴がか？」

驚きの声を上げるドラクルに、裕貴は苦笑う。

「しんじられません……ゆうきみたいなひとを、『こみゅきょう』というのでしょう？」

「随分俗っぽい言葉を仕入れてますね、バーニー」

コミュ強とは「コミュニケーション強者」の略で、つまり、コミュニケーション能力が高い人のことだ。裕貴は一見物怖《ものお》じしないし、人見知りには見えないだろう。客とも同僚とも、そつなく遣《や》り取りできている。

なにより、ドラクルとバーニーを拾って面倒を見ている、という時点で人間不信とは思えないかもしれない。

「でも本当に、コミュ強なんかじゃないです。人間不信だから友達も少ないし、恋人もいません。笑顔で誤魔化してるだけなんです、俺」

かつての自分は、確かにコミュニケーション能力が高かったのかもしれない。誰かと関わるときに、物事を深く考えたことはなかったし、笑顔で接していれば大抵の人間関係は上手くいった。

「……ちょっと、前の職場で嫌なことをされて」

嫌なこと、の具体的な内容は、説明ができなかった。言いたくない、という感情が働いたというよりも、喉《のど》に物が詰まったように声が出なかったのだ。

高校卒業後、裕貴は東京の調理師専門学校に入学し、その後運良く有名ホテルのレストランに就職できた。先輩や上司は厳しかったが、憧《あこが》れの職につけて充実した日々を送っていたのだ。

「就職して暫《しばら》く経って、仲の良かった男の先輩に、告白されました」

ドラクルがどういう反応を示すのか見るのが怖くて、無意識に視線を手元に落とす。

「恋愛として好きだと、付き合ってほしい、と言われました」

三年先輩だった木内《きうち》に、二人で飲みに行った先でそう告白された。

裕貴はもともと恋愛対象は男性だ。けれど、恋愛経験も男性経験もなかったし、木内をそういう目で見たことはなかったし、これからもそういう気持ちになるような気がしなかった。

「気持ちは嬉しかったけれど、今の関係を壊したくなくて、お礼を言った上で、自分なりに真《しん》自分が同性愛者だということはドラクルには言えず、それだけを伝える。

「でもそれから、その先輩の態度が豹変《ひょうへん》しました。当たりが強くなって……上司や他の同僚がいるときはそうでもなかったんですけど、小突かれたり、蹴《け》られたりするようになって」

それを聞いて、バーニーが「なんと！」と憤慨する。自分のために怒ってくれるバーニーに、無意識に入っていた体の力が抜けた。

「なにをしても怒鳴られて小突き回されてるうちに……多分、緊張とかストレスなんですけど、キッチンでも対人関係でも上手く立ち回れなくなって。その先輩だけじゃなくて、他の同僚たちからも怒鳴られるようになって――」

そのとき不意に、彼らの声が蘇《よみがえ》り、胸の奥が気持ち悪くなる。

「……裕貴、どうした？」

言葉を止めた裕貴を心配そうにうかがうドラクルに、笑顔を作る。それから小さく深呼吸をした。

「いえ。そんな風に職場で嫌なことがあって……人格否定、とか。それで、人と正面から向かい合うのが怖くなったんです」

裕貴は、真剣に気持ちを受け止めた。けれど、断った。

それを許せないと逆恨みされて、本心を口にするのが怖くなってしまった。本音を隠し、笑顔で誤魔化す癖が出たのはそれからだ。

「それで……ちょくちょく、千尋さんに相談というか、愚痴ったりして。俺の日々のストレスが緩和できていたのは、『ドラクル様』と千尋さんのお陰なんです」

「私か？　ああ、ゲームの」

はい、と頷く。

一見、以前と変わらない裕貴の異変に気づいてくれたのは、よく通っていた店のオーナーで友人の千尋だったのだ。

悩みを相談して、多少気が楽になったのも束の間、千尋のバーに出入りしているのを、木内に偶然見られた。今の勤務先であるカフェ・ガレットは普通の飲食店だが、裕貴が当時千尋に会いに通っていた店はゲイバーだ。

すぐに、職場で「裕貴はゲイだ」と言いふらされた。

表立ってそれを嘲笑《ちょうしょう》したりするものはいなかったけれど、全員がよそよそしくなり、仕事にますます支障が出るようになった。そこで限界が来て、まもなく裕貴は憧れだった職場を退職するに至ったのだ。

そこまで説明をして、息を吐く。

「それから千尋さんに拾ってもらって……だけどずっと人間不信だったんです、俺」

バーニーは、心配そうな顔をしながら、裕貴とドラクルを交互に見ている。ドラクルはじっと裕貴を見つめていた。

はっとして、裕貴は笑顔を貼り付ける。

でももう大丈夫です、今は仕事も充実しているし——とそう続けようとした裕貴よりも先に、

「呪《のろ》ってやろうか？」と言われた。

「えっ？」

「裕貴が望むのならば、その『嫌なこと』や『色々』なことをした者を、呪ってやろう」

聞き間違いかと思ったが、ドラクルははっきりと「呪ってやろう」と言った。

赤の虹彩《こうさい》が、深い色になって輝く。

「の、呪っ……？」

ドラクルの傍らにいるバーニーは、目を三角にして、頬をぷくっと膨らませて怒っていた。

これは安易に「じゃあおねがいしまーす」などとふざけてはいけないところである。本当に
洒落《しゃれ》にならないし、恐らく冗談でもない。

「だ、大丈夫です。お気持ちだけで！」

「なに、遠慮するな」

「そうですよ、ゆうき。そのようなおろかものは、ゆるしてはなりません」

憤慨する主従に、裕貴は内心焦る。

ゲームのドラクルは得意の炎の魔法の他、「闇属性」の魔法を使っていた。ゲーム上ではダ

メージを食らう描写があるだけだが、設定上は「壮絶な痛みとともに体が黒く朽ちていく」ものである、ということが公式のホームページには書いてある。

「……こちらの世界へ来てから、力はだいぶ弱まった。今の私の力でその不届き者を死に至らしめることが可能かはわからないが、裕貴が望めば、力を貸そう」

自らの胸に手を当てて、ドラクルが嫣然《えんぜん》とする。

一瞬、ゲームの中に入り込んだのかと錯覚するように見惚れたが、はっとして居住まいを正した。

「い、いやいや！　大丈夫です！　新しい職場は皆いい人ですし、もう、吹っ切れてますから！」

「人間不信が治っていないということは、吹っ切れてはいないのだろう？　遠慮するな、この世界の法律ならば呪殺《じゅさつ》は無罪になる」

「遠慮してないです！　お気持ちだけ！　本当にお気持ちだけで十分です！」

勢いよくお断りし、互いに見つめ合う。それからどちらからともなく、笑った。

どうやら途中からは冗談だったらしい。必死だな、と笑われた。

「必死にもなりますよ。ドラクル様の手を汚させるなんて、そんなの俺が許せないですもん」

ドラクルに負担を強いるようなことは自分の中では絶対に許されない。

変なことを言ったつもりはなかったが、裕貴の科白に、ドラクルはなんとも言いようのない顔になった。

「ドラクル様?」

「あ……いや。なんでもない」

そう言いながらも、ドラクルはしばし考えこむような仕草をする。その絵画のような美しさに見惚れつつ、小さく息を吐いた。

——それにしても……まさかドラクル様が俺のために怒ってくれるなんて……。

嬉しい、という言葉がこの場合適当かはわからなかったが、壊れて罅《ひび》だらけになっていた心がゆっくりと修復されていくような、そんな心地だった。

千尋も怒ってくれて、慰めてくれて、就職先の面倒まで見てくれた。彼のお陰で、裕貴の心と体はだいぶ修復された。

だけど、どうしても最後まで治らなかった部分が、ドラクルの言葉で癒《い》やされていく気がする。

ドラクルは少し頼りなげにさえ見えた表情を、いつもの自信に満ちた表情に変え、ふん、と鼻を鳴らす。

「裕貴の人格を否定したって? 相手はよほど高邁《こうまい》な聖人君子なのだな」

嘲笑とともに繰り出された嫌味に、裕貴は目を丸くし、思わず笑ってしまった。

「どうなんでしょうね」

「ゆうきは、よいにんげんですよ！　わたしがほしょうします！」

ぷんぷんと怒るバーニーを、ドラクルが優しく撫《な》でる。

「そうだな。……異世界から来たと主張する得体のしれない男と、しゃべるコウモリを匿《かくま》ってくれるような男は、お人好しの一言じゃ片付けられん」

「いや、それはお人好しというか」

なにしろ、目の前でなにもないところから突如姿をあらわした場面を目撃してしまった。

しかも相手は「ドラクル様」だ。だが推しキャラだったからですというのも躊躇《ためら》われて、「困っている方を見捨てられません」という建前を述べた。そんな誤魔化し方をする自分は、お人好しでも人格者でもない。

口には出さなかったが、否定的な雰囲気を汲《く》み取ったのだろう、ドラクルは「いや」と首を振った。

「裕貴は優しい。確かに、この国の人間は概《おおむ》ねみな親切だ。だが、最初の手助けをしたとして、その後もずっと付き合い続ける人間がどれほどいる？」

「でも……」

「事実、『ゲーム』で私のことを知っていた、という事情もあるだろう。だけど、知らない相手だから見捨てる、ということもあるまい？」

そう言われると、もしこれがドラクルではない、まったく知らないゲームや漫画のキャラクターだったとしても——こちらの世界の人間だったとしても、頼まれればやっぱり断れなかったかもしれない。一緒に住むかどうかまではわからないが。

強く否定できない裕貴に、ドラクルは勝ち誇った表情になった。

「先程、人間不信と言ったな、裕貴？」

「は、はい」

「ならば、私は人間ではないのだから、私のことは信用しろ」

ふふん、と胸を張って宣言され、裕貴はぽかんとしてしまった。

言われてみればそうだな、と思い、そしてその自信満々な顔をするドラクルがおかしくて、無意識に笑ってしまった。

不敬だったかと思うより先に、バーニーが「わたしもにんげんじゃないから、しんようしてください！」と裕貴の胸元に飛び込んでくる。それを見て、ドラクルは優しげに目を細めた。

彼は天然ボケで言ったというよりも、裕貴を和ませ、笑わせようとしてくれたのだと気がつく。思わぬ優しさに触れ、なんだか泣きそうになった。

「だが、そうは言っても、他者を信用するのは難しいだろう」

「え……？」

真逆のことを言ったドラクルに、思わず目を瞠る。

「他者を信用するというのは、とても、難しいことだ」

困惑していると、ドラクルが再び同じことを言って微笑《ほほえ》んだ。そして「私の話を」と口を開く。

生まれながらの貴族にして、同族の中では最高権力の持ち主であるドラクルには、今まで「対等」な相手はいなかった。友人はおろか、配下と眷属《けんぞく》の他は敵しかいない。

そんな状況の中、初めて「対等」と思える相手ができたのが、ドラクルが命を落とした「戦い」で出会ったキャラクターたちだった。

「……まあ、奴らも敵だったのだが、共闘しているうちに、私の中ではきっと、その境界が曖昧になってしまったのだろうと、今は思う」

正直なところ、裕貴はゲームをプレイしている間、そんな視点で彼らの関係性やドラクルの内面を考えたことがなかった。

バーニーが目を潤ませ、ドラクルの胸に飛び込む。怒りか涙で身を震わせる眷属を、ドラクルは優しく撫でた。

「そんな私だから、オーナーと裕貴の関係性が、親密さが、私の理解の範疇《はんちゅう》ではなかった」

仲がいいのだな、と怪訝そうにしていた理由を知って驚く。

確かに、対等な相手がおらず、しかも自分が最高責任者となれば、おいそれと他者に心を開いたり気安く接したりすることはないだろう。配下の耳打ち、というシチュエーションはあっても、顔を近づけて友人と私語、という状況は確かになさそうだ。

「人間不信は、私もだ。……きっと、裕貴のこともまだ、信じ切れずにいる。すまない。……幻滅したか？」

先程と同じ問いかけに、先程よりも激しく首を振る。

「幻滅なんてしませんし、それは当然です！　当たり前のことだと思います！」

彼が初めて心を開こうとしていたのが、共闘もした敵対者だった——しかも、それを利用されて命を落とした様な状況なのだ。そんな話に、裕貴の心は乱れに乱れていた。

「だが、それはあまりに」

「そんなの、一朝一夕でどうなるものでもないし、当然です。信用してくれなくていいです。その話をしてくださっただけで、十分です」

黙っていれば誰も知らなかったはずの話を、わざわざ正直に吐露してくれた。

それは間違いなく、裕貴が人を信じ切れないという感情を話し、ドラクルが共感してくれたからなのだ。誠実に、裕貴と対峙《たいじ》しようとしてくれたからだ。

それからすぐに、先程、自分が同性愛者であるという事実を言わずにいてしまったことを後悔した。もちろん、ドラクルも掻《か》い摘《つま》んで話してくれたのだろうけれど。

必死に言い募った裕貴に、ドラクルは目を細める。

「そういう裕貴をお人好し、と嗤《わら》う者もいるかもしれない。けれど、私とバーニーは、裕貴の親切さと優しさに救われ、生かされた。……私が言うことではないが、裕貴にはもう少し、裕貴自身を認めてやってほしい」

好きなキャラクターに言葉を尽くされたから、というだけではない。

省みるきっかけはドラクルの言葉だったけれど、千尋を始めとする周囲の人たちとの数年間も振り返って、少しだけ、自分自身のいいところを認められるような気がした。

――ドラクル様は、こういうときに嘘や誤魔化しや、お世辞を言う人じゃないから。

他の誰かが言ったら、気を遣ってくれているのだろうな、とやはり多少思ってしまって素直に受け取れなかったかもしれない。

けれどドラクルは本当に、裕貴を思って怒ってくれて、褒めてくれたのだと引っかかるところもなく飲み込める。

自然と、頬が緩んだ。

「……ありがとうございます」

まっすぐに受け止めて、礼が言えたことに自分でも驚く。

ドラクルはふと黙り込み、何故か難しそうな顔をした。馴《な》れ馴れしい態度を取りすぎてしまったかと内心慌てていると、彼は顰《しか》め面のまま対面から裕貴の頭の上に手を置いた。

「ど、ドラクル様……？」

「こちらこそ」

微笑んで、ドラクルはぎこちなく頭を撫でてくれた。

――胸が、苦しい。

大好きなキャラの、ゲームではあまり見られることのなかった優しい側面に、ギャップ萌えしているからに違いない。

そう思う一方で、まるでそうじゃないんだと否定するように落ち着かない気持ちが胸の奥で暴れていた。


「お先に失礼します。……オーナー、スイートベルモットの在庫がもうないぞ」

「ふたりともお疲れ～……って、えぇっ嘘《うそ》ぉ」

夜シフトの同僚と交代して、帰宅するタイミングで、ドラクルはカウンター席に座っていたオーナーの千尋にそう声をかけた。

千尋が、思わずといったように腰を浮かせる。

「先程、白ワインのオーダーを受けたついでに在庫を確認したら、なかった。発注しているか？」

そう言って、帰り際にとってきていたらしい在庫管理表をドラクルがカウンターテーブルの上に置くと、千尋が慌てたように覗《のぞ》きこむ。ふたりの顔が接近した。

――ふたりとも顔近いな。

ちらちらとそれを眺めつつ、裕貴は外で待っていようかどうしようかと迷う。

裕貴と千尋の距離感が理解できない、と言っていたドラクルだったが、あれからこの世界の一般的な距離感に順応したらしい。

「本当？　ドライより出ないし、確かもう一本くらい……」

「昨晩、オーナーの友人が集まったときにロブロイをたくさんオーダーしていただろう。そのときに一本出して、チェックし忘れていないか？」

あっ、と千尋が声を上げる。

昨晩は、ドラクルが言うように千尋の知人が大勢集まって、二十二時から貸し切りのパーティがあった。そのときに、ロブロイというカクテルが大量に注文されたのだ。

スコットランドのロビンフッドと呼ばれた男性の名前が付けられたカクテル「ロブロイ」はスコッチ・ウイスキー、スイートベルモット、アンゴスチュラ・ビターズで作る。

昨日は千尋自らがシェイカーを振って酒を振る舞っており、そして彼もしたたか酔っていた。在庫から取り出して、チェックし忘れた、というのをドラクルの指摘で思い出したらしい。

「そ、そうだったわ～思い出した……！　ごめぇん！　あたしとしたことが！」

管理表を手にとって青ざめる千尋に、ドラクルがふっと笑う。

「いや、一応確認しておきたかっただけなんだ。じゃあチェックを入れて、発注をお願いしたい」

「了解ですぅ……ごめんね、帰り際に！　気づいてくれてありがと！」

千尋の言葉に、いや、と笑ってドラクルがドアへと向かう。その後に続こうとしたら、千尋に袖《そで》を引っ張られて引き止められた。

「いやー、彼、仕事に慣れるの、ほんとに早かったわねえ。いい人材連れてきてくれてありがとね。あらなんかこれ前も言ったわね」

「いやほんと……」

ドラクルがこちらの世界に来てから既に二ヶ月目に突入した。

異世界での仕事はさぞやりづらいだろう、という当初の予想は大きくはずれ、ドラクルはあっさりと順応するどころか、その優秀さを遺憾《いかん》なく発揮している。

店で出す洋酒、日本酒の銘柄だけでなく味なども完璧《かんぺき》に把握しており、カクテルのレシピも頭に入っているらしい。そのあたりはもはや裕貴よりも詳しい。

商品知識だけでなく、客対応や、先程のような裏側の仕事も完璧だ。

――それに、「距離感がよくわからない」って言ってたけど、オーナーとか店長の小杉とか、他のバイトの子とかとも普通に、スムーズに話せちゃってるし……。

先日は、裕貴が遅番の際に、ドラクルとともに早上がりだった宴会好きの小杉と一緒に、飲みに行ったらしい。女の子が入れ食いだったと、小杉が悔しそうに笑っていた。

――……俺、すぐいらなくなるのでは……。

異世界から来たドラクルに対し、当初は「ドラクル様には俺がいないと！」と気張っていたが、もはや裕貴よりもきちんとコミュニケーションを取っている。客あしらいもお手の物だ。戸籍などを取得したら、いよいよ自分は不要になるのでないかという考えが過《よぎ》り、ぶんぶんと首を振った。

――いや、それでいいじゃん。俺だけの推しってわけじゃないっていうか……そういう願望は持っちゃ駄目なやつ……！

突然頭を振った裕貴に、千尋が「うわっ」と声を上げる。

「なによ突然。挙動不審ね」

不審げな千尋に「なんでもない」と返して頭を抱える。

「しかも知ってる？　超絶美形店員がいるって、グルメサイトでちょこっと話題なのよ」

こそこそと耳打ちされて、裕貴は苦笑した。

「ちょこっとね」

それは裕貴も知っている。特定の店員の容姿についてコメントされることというのはほとんどなかったのだが、ドラクルだけはやはり人目を引くようで、「流暢な日本語のめっちゃかっこいい外国人店員さんがいる」というレビューがちょこちょこと書かれるようになっていた。

さ。

——……別に、ドラクル様がかっこいいのは世の理《ことわり》だし、自然の摂理だし、いいんだけど

前はそういったドラクルの外見を褒めるレビューがあっても「同志よ！」くらいの感覚だったのに、最近はどうしてかもやもやとした気分になってしまうのだ。

ドラクルが褒められれば褒められるほど、そうでしょうそうでしょう、と勝手に得意げになっていたのが、嘘のような心変わりである。

「じゃあ、俺も帰ります。お疲れ……」

「まあちょっと待ちなさいよ」

退出しようとした裕貴を、千尋はもう一度袖を引いて引き止めた。

顔を近づける千尋に、ドラクルを外で待たせているので、早く行きたいのだが、と思いつつ渋々顔を寄せる。

「なんですか」

「ねえ、本当になんもないわけ？」

久しぶりの質問をこそっと耳打ちされて、裕貴は溜息を吐いた。

「……ないですって。そりゃ、ゆ……友人だし、一緒に住んでるので、シフトが重なったら行き帰りは一緒になるくらいのことはあるけど」

頻繁、というか社員である裕貴はほぼ毎日入っているので、ドラクルがシフトに入っている

日はほぼ必ず勤務している。つまり、ほぼ毎回、一緒に帰っているのだ。

ぼそぼそと反論すると、千尋がにやっと笑った。

「なんにもないって？　あたしとドラクルくんが顔近づけただけで、射殺しそうな目で睨《にら》んでたくせにぃ」

「えっ⁉」

「あ、射殺すは言い過ぎか。警戒するにゃんこみたいな顔してるわよ、裕貴」

表現がマイルドになっただけで、結局話の主旨は変わっていない気がする。

まったくの無自覚だったことに驚いていると、千尋は「あらやだ」と目を丸くした。

「もしかして気づいてなかったの？」

はっきりと言い当てられて、もはや言葉もない。へぇ、と千尋はしげしげと裕貴の顔を見た。

「ドラクルくんが働き始めたときからそうよアンタ」

「そ、それは嘘でしょ」

「嘘なもんですか。無意識なほうが重症じゃなぁい？」

楽しげにしゃべる千尋に、絶句する。

——そんなはずない。だって。

けれど、つい先日からドラクルといるとやけに胸が苦しくなる瞬間があることに気づいていた。

不快感とは違う、疼《うず》くような苦しさに覚えはあったけれど、全力で見ないふりをして日々過ごしている。

それなのに、睨んでいただなんて思いもよらなかった。

黙り込んだ裕貴を見て、千尋は苦笑した。

「ごめんごめん。調子に乗っちゃった。……いい物件だと思うけどね、ドラクルくん」

「そりゃ、いい物件には違いないでしょうけど……」

大好きなゲームのキャラ、というだけでなく、ハイスペックの体現のような男である。

今は戸籍の取得に向けて家庭裁判所や病院、警察署などに毎週通っている。いずれ戸籍を得れば、後顧の憂いもない完璧な男になる。そして、裕貴の手伝いがいらなくなり、同居も必要がなくなるのだ。

「……いい物件だからこそ、あちらにも選ぶ権利がありますから」

そう言うと、千尋が綺麗に整えられた眉を顰《ひそ》める。

「そんな言い方しないの。……それに、選んだりとか選ばれたりとか、そういう話じゃないでしょう？　誰かを好きになるっていう、そのことがまずアンタにとっては」

「――千尋さん」

思わず名前を呼んで遮る。

――ドラクル様への気持ちは、好きなキャラクターに対する愛で、萌えだから。恋心なんかじゃ、ない。

「今までそんな恋愛関連の話なんてしてこなかったのに、なんで急にそんなこと言うんですか」

堪らずに言うと、千尋はそうねえ、と苦笑する。

「今までは裕貴が頑《かたく》なだったから。けしかけても良い結果にならないなんて明白でしょ。でも時間薬と、ドラクルくんと一緒にいることで少し回復してきたのかしらって思ってね」

恋愛の話は、当たり前のように、簡単に、人の口にのぼる。

けれど、千尋は今まで自分の恋愛の話をすることはあっても、「裕貴はどうなの？」と訊くことはなかった。彼のそれは他の従業員に対しても同じで、それが今の裕貴にとっては居心地のいい空間であり、関係性だったのだ。

けれど今こうして振られた話題には、困惑はしても、不安や嫌悪は覚えない。そのことに気づかされてはっとした。

「告白しろとかそういうことじゃなくてね、ドラクルくんは『怖くない』んでしょ？　それが嬉しいの」

千尋の言葉に、裕貴は固まる。千尋は、ごめん、と手を合わせた。

「余計なこと言ったわね。やだも～お説教ババアでごめんねほんと」

こういうところがいけないのよね、と千尋が苦笑する。

「ごめんね、裕貴」

そう言って、千尋が裕貴の頭を優しく叩く。

ずっと心配してくれている彼に、ごめんと言わせてしまったことを後悔する。

心配してくれている友人に対して、頑なな態度を取ってしまったことに、気が滅入った。ごめんの一言が返せない自分にも。

ぺこりと頭を下げて店の外へ出る。看板の横で、ドラクルは星空を見上げて待っていた。こちらの気配を察した彼の、視線が向けられる。

「……なにか、あったのか？」

その問いかけに、裕貴は無意識に笑顔を作っていた。

「なんでもないです。帰りましょうか！」

そう言って歩きだすと、ドラクルはなにも言わずについてきた。一瞬、彼が柳眉を寄せた気がするけれど、もう一度見て確認する気にはなれなかった。

家に向かう間、裕貴は一言も話しかけることができなかった。

そんな裕貴の態度に気が付いているだろうドラクルも、なにも言わなかった。ドラクルのアウターのポケットで、心配そうにしているバーニーに申し訳ない気持ちもあったが、なにも、言えなかった。

——千尋さんのせいで、変に意識しちゃうじゃないか……。

帰宅し、いつもどおりに食事を始めてからも、会話はあまり弾まない。

食卓ではバーニーが変な空気を察知して頑張って話を振ってくれるのだが、裕貴もドラクルも「そうだね」とか「ああ」と返すばかりで話が続かず、申し訳なくなった。

一方で、大好物のはずのてりやき野菜ラップサンドを食べているドラクルも、どこかぼんやりした様子だ。

心ここにあらずといった様子のドラクルに内心やきもきしていたら、彼のほうから口を開いた。

「——裕貴」

「は、はい」

名前を呼ばれ、顔を上げるとドラクルがこちらをじっと見つめていた。

ドラクルの顔は息が触れるほどのアップで見ても、生身の人間とは思えないような美しさだ。白磁のような肌に、ルビーのような瞳は薄暗い夜の道でも輝いて見える。

なんて鑑賞に耐えうる顔だろう、と見惚れていたら、その美しい顔が微かに顰められ、彼は息を吐いた。

「……すまない」

「え⁉」

思いもよらぬ科白を口にして、ドラクルが軽く頭を下げる。

「ドラクル様⁉　どうしたんですか急に」

「……私が変な態度を取ったから、気まずくなったのだろう？　悪かった」

――な、なんのこと⁉

ドラクルはいつもどおりで、帰り際に千尋から指摘されたことで動揺してしまって変な態度になったのは裕貴のほうだ。

けれどドラクルは、自分の態度が変だから、裕貴の対応がぎこちないのだと思っていたらしい。

ドラクルはこほんと咳払《せきばら》いをして、「それでだな」と言葉を繋いだ。

「……帰り際に、なにを話していたんだ？」

「えっ⁉」

まさかドラクルの話を――裕貴がドラクルに対して恋心を抱いていると指摘された話を、聞かれたのだろうか。ざっと頭から血の気が引く。

「ど、ドラクル様……あの」

「――裕貴とオーナーは、やはり……少し、仲がよすぎるのではないだろうか」

「へっ？」

想像とはまったく別の言葉が出てきて、思わず間抜けな声を上げてしまった。そして予想していた最悪の事態ではなかったことに安堵《あんど》する。

そんな場合でもないのだが、少し拗《す》ねた口調で言われ、これがギャップ萌えというやつかとテンションが上がってしまった。

「でも、ドラクル様も最近千尋さんと仲がいいじゃないですか。あんまり、変わらないと思いますけど……」

自分もちょっと嫉妬《しっと》してしまったことを隠し、そんな風に言う。ドラクルは整った顔になんとも言えない表情を浮かべ、それから「なんでもない」と呟《つぶや》いて、ラップサンドを口に運んだ。

——なんでもないって感じじゃないんですけど……あれかな、友達同士のやきもちか。

本人の申告があったように、ドラクルには今まで「従者」「眷属」「敵」以外の関係性が存在しなかった。上司や同僚、友人、という関係性が初めて生まれれば、そこに小さな嫉妬心が生まれるのは自然である。

「……勘違いだ」

ぽつりと落とされた彼の言葉は、あまりよく聞きとれなかった。テーブルの上にいるバーニーに視線で問うてみるも、バーニーは半眼になって首を横に振った。

もう一度、視線をドラクルに戻す。

——ドラクル様は、俺の心を救ってくれた、推しキャラ。

大好きなゲームの、大好きなキャラクター。それが、現実の世界に飛び出してきた。そしてあろうことか、自分なんかと仲良くしてくれている。

ファンなのだから、嬉しいに決まっている。恐れ多さとともに、優越感もある。

——それ、だけ。

それだけのこと。

そのはずだったのに、彼は「虚構の存在」では、もうない。

ちょっと不思議な力は使えるが、生身で、シナリオにはないことを言い、笑ったり怒ったりする。「ゲームのドラクル様」ではない。

胸の奥が、ちくりと痛む。痛い、と思ったけれど、それは自分がゲームをプレイして楽しんだり萌えたりしているときと似た感覚であり、決定的に違う、疼きだった。

「——裕貴」

「あっ、はい」

「誕生日が近いのだろう。来月だという話だが」

「え？　ど、どうして知ってるんですか？」

裕貴の誕生日は、十二月の十七日だ。

「バーニーに言っただろう？」

「あー、そういえば……」

ドラクルはこちらの世界に来る前――死亡イベントの直前に誕生日イベントを終えたばかりだったので、次の誕生日は一年近く先の話なのだが、公式設定のないバーニーは誕生日があるのかな、と疑問に思ったのだ。回答は「わからないけど、たぶんドラクルさまといっしょ」だった。

その際に、バーニーから「ゆうきはいつです？」と訊かれていた。

「バーニーの誕生日は、ドラクル様と一緒ですね～って話をしてて、そんな話になりましたね」

「……その日、なにか用事はあるのか？」

「バーニーの誕生日ですか？」

「違う！　……裕貴のに決まっているだろう」

ああ、そっちか、と頷き、痛いところをついてくるなあ、と苦笑する。

「ないですよー、なにも。ぼっちなのに、自分の誕生日を祝う趣味はないです」

裕貴の誕生日は、ただの平日である。その日も普通にシフトが入っているし、予定などあるはずもない。

しかも、クリスマスイブの一週間前のため、子供の頃は毎年十二月になると親に「ホールケーキを買うのは、誕生日かクリスマスのどっちかだけよ」と言われるのがとても悲しかった。

そんな話をバーニーにしたら、「かわいそうに！」と目を潤ませてくれて、なんだか子供の頃の拗ねた自分が慰められるような気分になった。

「去年と一昨年は千尋さんがケーキ奢《おご》ってくれましたけど、あるとしたらそれくらいですねえ」

近所にあるパティスリーの、カットケーキが三つも入っていた。美味《おい》しかったなあ、と思い出していたら、ドラクルが「裕貴」と名前を呼ぶ。

「はい」

「今年は、私とバーニーが祝ってやる。なにが欲しい」

「え……？」

思いもよらない言葉に、目を瞬く。

黙り込んだ裕貴に焦れるように、ドラクルは「誕生日までに決めておくように」と命令口調だが、優しい声音で言った。

「で、でも、そんな恐れ多い」

慌てて首を振ると、バーニーがぴょこんと裕貴の肩に乗った。ぬいぐるみのようなふわふわの感触の毛皮を、頬に擦り寄せてくる。

「せっかくのドラクルさまのおもうしでを、ことわるほうがおそれおおいですよ！」

「う……っ」

確かに、と奥歯を嚙《か》み締めていたら、ドラクルはふっと笑った。

「そこまで深刻に考えるな。だが、私の『バイト代』で購入可能なものにするようにな」

いいな、とドラクルが言い添える。バーニーは裕貴の頬にぽすんと軽く体当たりして、ドラクルの肩へと乗り換えた。

ドラクルがこちらに来てから今まで稼いだお金は、基本的にはすべて貯めてもらっている。本人は出すと言ってくれているのだが、戸籍を得て、仕事を得て、新居に住むとなったときにはなにかと物入りだからと説得した。

散財するタイプではないのでこつこつ貯めている様子なのだが、その中から裕貴のプレゼントを購入してくれる、というその気持ちだけでとても嬉しく、充分幸せな気持ちになった。それに。

――一緒に、いてくれるんですか。

先程の言葉を真に受けるのであれば、ドラクルとバーニーは、揃って裕貴の誕生日を祝ってくれるつもりのようだった。

胸がいっぱいで、苦しくて、泣きそうになる。無意識に止めていた息を、ゆるく吐き出した。

――一緒にいられるだけで、いい。

プレゼントよりも、なによりも、それが一番嬉しい。

誕生日に、好きな人と過ごしたことなんて一度もない。一緒にいてくれる、という言葉だけで、泣きたくなるほど嬉しかった。

——……ドラクル様。

彼も、裕貴のことを憎からず想ってくれているのだろうか。そんな分不相応なことを想像しても赦《ゆる》してくれるだろうか。

自分がまた、誰かを特別に想うことを、許されるだろうか。

「——裕貴？」

黙り込んだ裕貴を、ドラクルは怪訝そうに呼ぶ。裕貴は慌てて頭を振って滲《にじ》んだ涙を散らした。

「裕貴？　目が赤い、どうした」

「いえ。う、嬉しくて……ドラクル様が、俺の誕生日を祝ってくれるなんて、もうそれだけで幸せで」

上ずった声で伝えると、ドラクルはどうしてか、表情を曇らせた。

「ドラクル様？」

「……それは、私が『ゲームのドラクル』だからか？」

「……え……？」

問いかけの意味がわからず、口を噤《つぐ》んだ。じっとその赤い瞳に見つめられて、内心激しく動揺する。

確かに、ゲームの「ドラクル様」のことは大好きだった。

――だけど。

目の前にいるのは、裕貴と日本で過ごしたドラクルだ。ゲームのドラクルとは色々と違う。二次元から三次元に、魔法はほぼ使えず、牙もなく、こちらの常識を覚え、仕事ができるドラクルだ。

――俺が、一緒にいたいと思うのは、目の前のドラクル様で……でも。

つい先程、自分がドラクルに対して抱いていた気持ちを思い返し、蒼白《そうはく》になる。

人間不信で、恋愛感情が怖くて、誰も好きにならないなんて嘯《うそぶ》いていたくせに、自分はドラクルにどういう感情を抱いていたのか――。

後ろめたさからはっと体を引く。ドラクルが右目を眇《すが》めた。

「生身の私ではなく、裕貴が好……、一緒にいたいと願うのは、ゲームの『ドラクル』か？」

ドラクルの望む答えがわからず、言葉に詰まる。

だが、「己の本音ではなく彼の望む言葉を」と考えるのは誠実ではない。

一方で、ゲームではなく目の前にいるあなただと告白すれば、自分の、眼前のドラクルに対する邪《よこしま》な気持ちが――一緒にいるだけで幸せ、という友愛や家族愛とは違った感情を抱いていることが、露見してしまう。

急に怖くなり、裕貴はもはや癖になった笑顔の仮面を貼り付けた。

「どちらのドラクル様も、大好きですよ、もちろん。ドラクル様は、俺の心の支えですから！」

　本音だけれど、本当のことではない当たり障りのない言葉を笑って告げる。

　そんな裕貴に、ドラクルは一瞬黙り込み、視線をテーブルに落とした。

　その瞬間、裕貴は自分が選択を誤ったことを自覚する。

「……それならそれで、いいんだ。変なことを訊いたな」

　やってしまった。傷つけた。

　ドラクルは裕貴の恋心を知っていたわけではないだろう。だが明らかに本音を隠したことを見抜かれ、落胆させた。失望された。

　今は、どういう結果になろうと本当の気持ちを言う場面だったと気が付いたがもう遅い。不誠実な自分は、ドラクルにシャットアウトされてしまった。そんな事実をひしひしと感じる。

　座っているのに足元がぐらつく感覚を覚えながらも、慣れた笑顔のままなにも感じていないふりをした。

「いえ、ドラクル様は俺の『推し』ですから」

　にこにことそんなことを言えば、ドラクルはそうか、とだけ口にして食事を再開した。急激に心が離れていくような錯覚に、待って、という言葉は発せられない。

　自分は、間違えたのだ。

十二月に入り、街全体に慌ただしい空気が流れ始めると、店も俄《にわ》かに忙しくなってくる。年末で残業も増える時期のため、夕方以降のテイクアウト客が増えてくるのに加え、早めの忘年会の予約も入るのだ。

そして最近は、ちょっと別の客層も増えてきたようだった。

「今日はあの外国人の店員さんいないんですかぁ」

テイクアウトの商品を渡すのと同時に、二十代くらいの若い女性客に問われて、裕貴は目を瞬く。

「あ、そうですね。今日はおやすみです」

週に一回の家庭裁判所での面談、そして病院と区役所へ行く日なので、ドラクルは今日のシフトには入っていない。

少し前に、グルメサイトの口コミ欄などでちらほらと書き込まれてはいたのだが、「信じられないくらいイケメンの外国人店員さんがいる」とSNSで話題になって以来、女性客が増えたのだ。

それに付随する形で「ドラクル様の具現化か?」と、ゲームファンの間でも噂《うわさ》になったようだった。

——固定客がついたのがありがたかった、って千尋さんは言ってたけど。

これで味やサービスが悪ければ一過性のものとなるが、そちらの方面でも評価してもらえたようで、常連が増えた印象がある。

「次いついますぅ？」

「ええと……今ちょっとわからないです、すみません～」

本当は明日、シフトに入っているのだが、基本的に客に店員のシフトを教えることはない。今日の客はしつこいタイプではなく、「わかりましたぁ、また来まーす」とあっさり引いてくれたのでほっとした。

会社帰りの客が増える時間帯でもあり、後ろに数人並んでいたから、ということもあるかもしれない。

——にしても、今日は混んでるなぁ。

もうそろそろ裕貴は終業の時間だが、客足は途切れない。裕貴は若干迷いつつ、店長の小杉に声をかけた。

「店長、俺、もう少し残りましょうか？」

「あっ、もうそんな時間？」

キッチンでフードを鬼のように作っていた小杉は、はっと顔を上げて時計を見た。

うぐぐ、と思案するような顔をして「いや」と首を振る。

「昨日も残業してもらっちゃったから、今日は大丈夫……！」

「いや、でも一時間くらいは……」

「大丈夫！　今週休みなしでシフト入れてくれちゃってるんだから、せめて時間通りに上がってほしい……！」

断腸の思い、という様子の小杉に苦笑しつつ、わかりましたと引くことにした。

キッチンの真ん中にある作業台には、巻きの途中で失敗したラップサンドが積まれていて、そこから二つほど持ち帰らせてもらう。休憩時間のタイミングで社割りで買い、冷蔵庫に入れさせてもらっていたデリも一緒に詰めた。

「じゃあ、お疲れ様でした。お先に失礼します」

着替えて外へ出ながら、ドラクルの携帯電話にメッセージを送る。

『今、お店を出ました』

それだけを送ると、今日は珍しくすぐに『わかった』と短い返事があった。その直後に可愛《かわい》いコウモリのイラストのスタンプが送られてくる。こちらはバーニーが送ったのだろう。ドラクルはスタンプは「よくわからない」と言って使わない。

——一瞬で返事が来たのは、多分バーニーがスマホいじってたタイミングなんだろうな。

ドラクルの携帯電話はバーニーと共有していて、普段は主にバーニーが使用している。ネットスーパーや通販サイトの存在を教えたら「なんとべんりな！」と目を輝かせていた。

普段から翼を使って、器用に携帯電話を駆使している。

――バーニーから訊かなかったら、「コウモリの翼」が「コウモリの手」なんて、一生しらなかったな、多分。

傘で言うところの骨にあたる部分が、コウモリの「指」なのだとバーニーが教えてくれた。きっと、コウモリ本人に「ここが第一指で、ここが第二指で〜」と直接教示された人間は自分くらいのものだろう。

小さく笑い、短い返事を見ながら息を吐く。

先日の遣り取りから、ドラクルと裕貴の仲は少しぎくしゃくしていた。

表面上は大差がないし、バーニーがどうにか取り持とうと頑張ってくれているのだが、このところ、対面で会話をしていてもドラクルの顔をまともに見られていなかった。

――……俺が悪い。

ドラクルが正面から向かい合ってくれていたのに、自分ははぐらかした。

嘘は言っていない。けれど、誠実に向き合わなかったことで、彼を傷つけてしまったのだ。

こんなことならば、きちんと本音で話せばよかった。この数年ずっと抱えていた思いとは逆の気持ちが初めて芽生えたが、今更遅い。

涙がこみ上げそうになり、ゆるく頭を振る。

――過ぎてしまったことを考えても仕方ない。とにかく、日々過ごしてくしかない。……今日は昼のうちにお惣菜《そうざい》買っておいたんだよね。ふたりとも、喜んでくれるかな。

主従が一番好きな店の商品は「ミニトマトのはちみつマリネ」だ。湯剝《む》きした赤と黄色のミニトマトを、はちみつと米酢でマリネした人気商品のひとつで、昼過ぎには売り切れてしまうことが多いため予《あらかじ》め取り置きしておいた。

「――足立《あだち》」

急いで帰ろう、と歩みを早めようとした瞬間、背後から名前を呼ばれて足を止める。

聞き覚えがある、と思ったからだけではない。それが誰の声かと認識するより早く、体が硬直してしまったからだ。

息が苦しくなり、指先が震える。振り返ることもできずに直立不動になっていると、背後から舌打ちが聞こえた。

聞き慣れた――けれど、今の職場では聞くことのないそれに、頭が真っ白になる。

「おい、足立。無視してんじゃねえよ」

どん、と後ろから肩を押されて、手に持っていた袋を落としてしまった。

拾うこともできず固まっていたら、声の主がそれを拾いあげる。

「……なにやってんだよ、相変わらず鈍臭いな。ほらよ」

押し付けられた袋を受け取った手が震えた。

——木内、さん。

目の前にいたのは、前の職場の同僚、木内だった。

そういえばこんな顔だったな、と思う。辞めるまでの数ヶ月間、彼の顔を見られなくて、印象がだいぶ薄くなっていた。けれど、顔は明確に思い出せないのに、声や態度だけはずっと頭にこびりついていて、そして久しぶりに実物を目の前にしたら、息すら上手くできなくなっていた。

木内は裕貴をじっと見下ろし、また舌打ちをする。

「……ニヤニヤするくらいだったら礼のひとつでも言えって言わなかったか？」

怒鳴っているわけではないが威嚇するような声に、ひくりと喉が鳴る。

木内に指摘されて、初めて自分の顔が笑っていることに気が付いた。

——まただ。

追い詰められて、緊張すると、頬の筋肉が歪《ゆが》むように笑みを作ってしまう。そういえば、笑顔で誤魔化す裕貴の悪癖は、こんなことがきっかけだった。

「あ、ありがとう、ございます」

「……うっざ」

吐き捨てるように言われて、背筋が震えた。

——なんで、ここに木内さんが？　……早く、この場から逃げないと。

また、お互いに嫌な思いをする。

どうにか会釈をして、歩みを進めようとしたら腕を摑《つか》まれた。

「……っ」

血が止まるんじゃないかと思うほどの強い力に、堪らず顔を顰める。

「なに逃げてんだよ、むかつくな」

「に、逃げてなんて――」

「お前さぁ！」

反論しようとしたのを、怒鳴り声で遮られる。一緒に働いているとき、これが、本当に苦手だった。

厨房《ちゅうぼう》で働く人間にはよくあるが、声が大きく、普段から怒鳴るようにしゃべる者もいる。別に、それくらいのことは裕貴も平気だったのだ。

だが木内が裕貴と話すときは、ほとんど恫喝《どうかつ》だった。

毎日のように怒鳴られると体が動かなくなり、声が出なくなる。そのうち、他の人の大声でも反射で竦《すく》むようになってしまった。

治ったと思っていた癖がぶり返し、蒼白になる。

「勝手に辞めて、そのあと俺らがどんだけ大変だったと思ってんの？　お前程度のやつ、探せばごろごろいるけど、採用って時間も金もかかるってわかってなかったわけ？」

なあ、どうなんだよ、と睨み下ろされて、体が萎縮《いしゅく》した。

「別に、勝手に辞めたわけじゃ……」

「はあ⁉ なんだって？ 聞こえねえよ」

鼓膜に刺さるような大声を被《かぶ》せられ、思わず後退する。だが、ずんずんと前進してきた木内に距離を詰められた。

こくりと唾《つば》を飲み、必死に木内を見返す。

「あの、なんでここに」

「は？ なんでお前にそんなこと言われないといけねえの？ あ、まさか俺がお前を追いかけてきたとでも思ってんの？」

思いもよらなかったことを言われて、頭を振る。だがそんな動作は見えていないのか、木内は裕貴の腕を摑んで強引に引き寄せた。

「人をストーカー扱いしてんじゃねえよ、ホモ野郎。もうお前が辞めて何年も経ってんのに、自意識過剰なんだよ。殺すぞ」

彼と働いているときに、名前の代わりに使われた悪意のある言葉をぶつけられて、息が止まる。

木内は震える裕貴の顔を覗き込み、せせら笑いながら「うざ」と言った。

「お前、ホモの相手の店に再就職したんだろ？ じゃあこの店のやつらはお前のことホモだって知ってんの？」

前の職場のときのようにバラしてやる、という意味を含んだ言葉に、ぐっと奥歯を噛んだ。確かに、ゲイバーで知り合った千尋の店ではあるし、就職先を斡旋《あっせん》してもらった。だが、そんなことをいちいち詳しく説明する義理もない。

「ああ、それともここもホモだらけの店？」

「……違います。やめてください。あとその『ホモ』っていうのも」

「ああ、はいはい。多様性ね、多様性」

嘲笑しながらのずれた言葉に、怒りとも悲しみとも絶望ともつかない気持ちに襲われる。話の通じる相手ではない、と唇を噛み締めて、どうにか気持ちを立て直した。

「……もういいですか、俺急いでるので」

「は？　おい——」

これ以上嫌なことを言われる前に、木内の横をすり抜けて走り出す。

追いかけられたらどうしようかと恐怖しながら、必死に走り続けた。追ってきていない、と気づいたのは、マンションについてからだ。

息を整えてオートロックを通り、自宅の鍵《かぎ》を開ける。

「おかえり、裕貴」

ドアを開くと、畳んだタオルを抱えたドラクルが、洗面所に入るところだった。いつものように、ただいまを言って笑顔を作ろうとする。

「……どうした？」

「え……？」

どうした、と問われて、初めて自分の視線がずっと床に落ちていることを自覚した。

自分でも不思議に思って顔をあげようとするのに、まるで固定されたかのように、俯《うつむ》いた頭も視線も動かない。笑顔さえも、作れない。

ぱたぱたと飛んできたバーニーが裕貴の顔を覗き込み、瞠目した。

「ゆうき、どうしたんですか。まっさおですよ！」

その指摘に、咄嗟《とっさ》に片手で顔を覆う。

「いや、平気です。ちょっと……外が、寒くて」

適当な言い訳も思いつかず、そんなことを口走ってしまう。案の定、主従は怪訝な様子を見せた。

「裕貴？　どうした。なにがあった」

「え、と……」

わからない。でも体が動かない。なにも言葉が出て来なかった。

「いえ、あの……——なんでもないんです」

勢いよく紙袋を差し出すと、戸惑いながらドラクルがそれを受け取る気配がした。

視線も合わせないまま慌てて頭を下げて、脱兎《だっと》のごとく自室に飛び込んだ。

ずるずるとその場にしゃがみこみ、項垂《うなだ》れる。どれくらいその格好のまま固まっていたのか、頭上から「ゆうきー」と呼ぶ声がした。バーニーだ。

「……バーニー。どうやって入ったんですか？」

部屋のドアは開いていない。バーニーは裕貴の肩にそっと乗った。

「これくらいできますよ。わたしはドラクルさまの『けんぞく』ですからね」

よくわからない理屈だが、そういえばゲーム内ではどこからともなく現れる生き物だった。本当のコウモリと、使い魔である眷属のコウモリは、決定的に違うところがあるのだろう。なにせ人語をしゃべる。

「……そう、ですか」

顔を上げ、肩にいるバーニーを指先で撫でる。人間じゃないからだろうか、バーニーの顔は、まっすぐ見ることができた。

そのあたたかな体温に、強張《こわば》っていた心がほんの少し解《ほぐ》れる気がする。

バーニーは、夕飯だと急かすこともなく、裕貴の態度にも言及せず、ただ裕貴に話題を振ってくれた。バーニーの「今日のドラクル様」報告によれば、コンビニで買ったケーキが美味しくてびっくりしたらしい、とのことだ。

ぎこちなく会話をしているうちに、少しずつ強張った心と体が解れていく。異常に速かった鼓動も若干落ち着いた。

バーニーが一緒にいてくれるのが心強くて——もしかしたら、木内が家にまで現れたらと思うと怖くて、縋りたい気持ちになる。

「……だいじょうぶですか？　なにかいやなこと、ありました？」

改めてそう水を向けられて、裕貴はゆっくりと、深呼吸をした。

「前に、話しましたよね。……人間不信になったたって。その、原因みたいなひとに、今日ばったり会っちゃって」

怖くて、と呟いた声は聞き取りにくいほど掠《かす》れた。

情けなくて俯いたら、バーニーが羽と一体の手で裕貴の頬をぽんぽんと優しく叩く。

「それで、自分でもわからないんですけど、顔が上げられなくて。ドラクル様のこと、見られなくて」

「……ドラクルさまが、こわいですか？」

ぶんぶんと首を横に振る。

「違います。それは絶対に。……わからないですけど、でも、逃げたかったのかもしれないです。情けない自分を、見られたくなかった」

うーん、とバーニーは首を捻《ひね》る。

「まえにドラクルさまが、ゆうきがきぼうするなら、そのやからをのろいころしてやる、っていってましたけど……いまからまたおねがいします?」

　恐らくそれは冗談ではあるのだろう、裕貴は苦笑して頭を振った。

「前も言ってましたけど、ドラクル様に、そういうことはさせたくないですね」

「そうなのですか」

　こくりと頷く。

「それは、なぜです?」

「……自分が聖人君子だから、ってわけではないんですよ」

　ゲームのドラクルは、情に厚いが容赦するキャラクターではない。

　創作と現実世界の差があるから呪殺に躊躇《ちゆうちょ》を覚えている、というよりは、現実にドラクルと暮らし、そういうことを彼が喜んでするタイプではない、と思った。

　もとより誰かを殺《あや》めるようなお願いをするつもりはなかったのだが、そうでなくとも、願わなかっただろう。

　明確に伝わるかはわからなかったがそう言うと、バーニーはなるほど、と頷いた。

「あくまで、こちらのせかいのドラクルさまのために、ということですか」

　こちらの世界、という言い方をしたバーニーに、内心首を傾げる。

「こちらの世界というか……そうですね。今、ここにいるドラクル様ですかね」

「おつらいおもいをさせるからと」

「はい」

「……なるほどなるほど。で、さっきにげてしまったのも、ドラクルさまのことがこわいわけではなくて」

「ドラクル様からじゃなくて……そうですね、敢《あ》えて言うなら情けない自分から逃げたって感じですかね……」

ふむ、と頷き、バーニーが羽ばたく。それから彼はすうっと閉まったままのドアをすり抜けた。と、同時にドアを叩く音がする。

「は、はいっ」

慌ててドアを開くと、いつからいたのか、ドラクルが立っていた。

「落ち着いたか？」

問われて、今はきちんとドラクルの顔を見られていることにほっとした。バーニーと話をして、自己分析をすることで、冷静さが戻ったのかもしれない。

「は、はい……」

「では、夕食にしよう。今日は私が店長に習ったオニオンスープを作った」

「えっ！　ドラクル様お手製……！」

そう言われて、キッチンから美味しそうな匂《にお》いが漂ってきていることに気がついた。

——ということは、俺とバーニーの話は聞かれてない……？

安堵の息を吐いたら、目の前に手を差し伸べられた。

え、と戸惑いながらも、ドラクルの顔をうかがいつつおずおずと手を取る。立ち上がると、ドラクルは「裕貴」と名前を呼んだ。

「は、はい」

「……この数日、変な態度を取ってしまったことを詫《わ》びる。すまなかった」

「え!? いえ、やめてください、お顔を上げてください……!」

頭を下げたドラクルに仰天して、裕貴は思わずしゃがみこんだ。彼の頭よりも下にいかなければという咄嗟の行動だったが、目が合ったら笑われた。

ドラクルがあまり面白そうに笑うので、つられて裕貴も笑ってしまう。ドラクルはもう一度裕貴の手を引いて、立たせてくれた。

彼らがこちらの世界にきてからずっと一緒に食事をしているけれど、今日は久し振りに、ちゃんと向き合って食卓が囲めた気がする。

――……なにも聞かないで、いてくれる。

主従は、帰宅時に裕貴の様子がおかしかったことには、その後も触れてこなかった。けれど、彼らが心配してくれているのだということは充分わかる。

なにも言わなくても、こうして彼らが寄り添ってくれていることが有り難い。

――変わらないと。

だからこそ、今、自分が変わるときなのだとも強く思う。

今までは、へらへらと笑ってやり過ごすことに不自由を感じなかった。けれど、このままではいけない。

推しに——ドラクル様に恥じない自分にならなければ、と改めて思った。


「——裕貴《ゆうき》、大丈夫か？」

仕事中にドラクルに声をかけられて、裕貴はぎこちなく笑う。

「大丈夫ですよ、全然。オーダー、なにか間違えていました？」

「……いや、そちらは完璧《かんぺき》だ。いつもどおり」

なにも問題ない、と言われて胸を撫《な》で下ろす。

ただ、「いつもどおり」という言葉に含みは感じて、胸が痛む。

木内《きうち》がこの店の近くに顔を出してから、一週間が過ぎた。

ドラクルとバーニーのお陰で崩れかけた精神は持ち直したものの、ふとした瞬間に不安や苦痛に襲われて揺らぐのを自覚しないわけにはいかず、だからこそ、失敗などしないよう今まで以上に気をつけている。

集中して仕事をしていると、不安や焦燥が、少しだけ紛れるからだ。

なによりこの店では、メンタル面で調子を崩し、仕事に影響を出すことは二度としたくなかった。以前の職場で、心身ともにやられてしまって同僚に迷惑をかけたから。

——ドラクル様に、千尋《ちひろ》さんたちに、余計な心配や面倒をかけたくない。

その一心で、この一週間はずっと仕事に没頭していた。その間、幾度かドラクルに「大丈夫か」「なにかあったのか」と訊《き》かれていたが、裕貴には「大丈夫です」以外に言う言葉はない。

以前はドラクルとシフトがほぼ重なっていたので、必然的に毎日一緒に帰宅していたが、このところは残業をしているのでドラクルとは二時間ほど終わり時間がずれるようになった。

師走の忙しい時期ということもあって、自分から小杉《こすぎ》と千尋に「仕込みをしてから帰る」と申し出たのだ。これについては、二人から非常に感謝されてしまったのが、少し後ろめたくはある。

——でもこの判断は、本当に正解だった。

木内とはあれから、もう六度も帰り道に鉢合わせた。顔を見たのは六度だが、本当はもっとあるのかもしれない。

もしドラクルと一緒に帰っていたら、きっと嫌な思いをさせていただろう。前の職場では千尋との仲を邪推され、千尋への罵倒《ばとう》や侮辱を毎日のように聞く羽目になったからだ。

ドラクルへの罵言《ばげん》など絶対聞きたくないし、隣を歩くドラクルに、妙な因縁をつけられては堪らない。

——ドラクル様だけじゃない。絶対に誰も巻き込みたくない。

二度目に木内と鉢合わせしたとき、気味が悪くなって「どうしてここにいるんですか」とうっかり訊いてしまい、ストーカー扱いする気かと再び激怒された。

俺のいる場所にお前がたまたま通っているだけだ、自意識過剰なんだよ気色悪い、と怒鳴りつけられた。あの調子で、ドラクルや同僚に食って掛かられたらと想像するだけで、気持ちが辛《つら》くなる。

——なにも知らないくせに悪口を言える人がいるなんて、思いもしなかった。

絶対に、ドラクルにも他の同僚にも、会わせない。

ひとりでいれば、木内と目を合わせなければ、なんということはない。店に入ってきたりもしない。声もかけず、目に入れないように通り過ぎれば、あちらが話しかけてくることもなかった。

このまま、彼が飽きるまで耐えて待てばいい。

睨《にら》みつけるようにして食材を刻んでいたら、ドラクルがもう一度「裕貴」と呼ぶ。

「え、はい」

顔を上げて、ドラクルを見る。

「大丈夫か？」

「大丈夫です！」

にこっと笑って元気に答えたが、ドラクルは柳眉を微《かす》かに寄せるだけだった。小さく息を吐き、優しく裕貴の肩を叩《たた》く。

ぐらりと揺らぎそうになったのは、不安か、ときめきか、自分でもよくわからない。

「……あ、ほらお客さんが呼んでますよ」

テーブル席で手を挙げた女性がいて、笑顔を貼り付けたまま指摘する。ドラクルはほんの少し間を置いて、客のほうへと足を向けた。

——強くならなきゃ。推しに……ドラクル様に恥じない自分になるって決めたんだから。

小さく深呼吸をして、再び親の敵のように野菜へ向かい合う。そのタイミングで、店のドアが開いた。

「——いらっしゃいま……」

そこに立っていた人物に、息を呑《の》む。

よ、と笑って手を振ったのは、木内だった。木内はガラスケースの中から商品を二つほど手にとって、レジではなくカウンターキッチンの裕貴のところへやってきた。

「久しぶり」

馴《な》れ馴れしく話しかけてきた木内に、会釈をする。

こちらのテリトリーには入ってこないはず——そう勝手に思い込んでいただけだと思い知って、足元が揺らいだ。

「ふーん。結構人気店らしいじゃん」

不躾《ぶしつけ》なくらいに店内を見渡して、木内が笑う。

「……はい……」

「店のやつとは、仲いいの？　あのイケメン外国人とよく一緒に帰ってるけど、あいつはお前のこと知ってるわけ？」

口元だけを見ていたから、木内が声に出さず「男好き」と言ったのがはっきりと読み取れてしまった。

——やっぱり、ドラクル様の存在をこの人に知られてた。

自分の心臓の音が、耳元で大きく響いている。

転職したての頃、上手くコミュニケーションが取れなくなっていた裕貴に、この店の皆は普通に接してくれていた。

ドラクルがアルバイトを始めてからは徐々に他の同僚との会話も増えて、最近では作り笑顔じゃない表情もできるようになったと、そう思っていた。外面を貼り付ける癖は直っていないけれど、真逆の気持ちを笑顔で押し込めることは、もうなくなっていた。

——……また、前みたいに。

ドラクルや、店長や、他の同僚たちも、過去の同僚たちのように腫《は》れ物に触るような態度になるかもしれない。

冷たい目で、見られるかもしれない――。

手がびくっと強張《こわば》った衝撃で、まな板の上に載せていたパレットナイフを弾《はじ》いて床に落としてしまう。甲高い音が鳴り、裕貴は慌ててしゃがみこんだ。

「し、失礼しました！」

裕貴の声に、他の店員も「失礼しましたー」と声を上げる。

――すぐに、立たなきゃ。

床に落ちたパレットナイフを拾ったのに、立ち上がれない。鼓動が速くなり、体は凍りついたように動かなかった。

「おい、足立《あだち》～、なにしてんだよ。サボってんのかぁ？」

揶揄《からか》う木内の声が降ってきて、ますます息苦しくなる。

――早く、立て。

頭の中で自分の体に命令するのに、動かない。どうにか気持ちを落ち着けようと、深く深呼吸をした。落ち着け、と何度も自分に言い聞かせる。

「――お客様、どうかいたしましたか」

立ち上がろうとした瞬間、美声がすっと割って入る。

目の前にあった霧が晴れるような感覚を覚えて、裕貴は詰めていた息を吐き出した。顔を上げると、カウンターの向こうに、ドラクルの独特な髪色が見える。

「……いや、知り合いがいてつい」

どこか上ずった声で、木内が返した。

「ああ、そうなんですね。今日は店内でお食事などされますか？」

「あ、いや……これを買おうかと」

「ありがとうございます、レジまでご案内いたしますね」

木内は「え」と言い、だがそう案内されては就業中の店員にこれ以上話しかけることもできなかったようで、ドラクルに促されるままレジに誘導される。

決済の音が聞こえ、「ありがとうございます」というドラクルの愛想のいい声がした。

「また是非お越しください。足立もいますので、歓迎いたしますよ。ありがとうございました」

ちりん、とドアベルの音が鳴り、ドラクルがドアを開いたことがわかる。丁寧な店員に促され、またしても木内は大人しく出ていったようだ。

それから間もなく、足音が近づいてきた。

キッチンカウンターに飛び込んできたドラクルが、客からは死角になるように裕貴同様しゃがみこむ。

「裕貴、大丈夫か」

ベテラン声優そっくりだけれど、今はドラクルのものにしか聞こえなくなった滑舌のいい美声で問われて、こくりと頷《うなず》いた。その声音は、少し焦っている様子でもある。

なにも気づいていなかったわけじゃない、ドラクルは木内との間に流れた不穏な空気をきちんと感じ取った上で、先程の行動を取ってくれたようだった。

――……流石《さすが》ドラクル様……。

ふにゃっと力なく笑った裕貴の肩を、ドラクルが抱き寄せる。

安心感に襲われて、眼に涙が滲《にじ》んだ。全身の力が抜けそうになる。裕貴がほっとするのと同時に、ドラクルは裕貴を片腕で抱き寄せたまま立ち上がった。裕貴はそれに引っ張り上げられるように立ち上がる。

「店長、裕貴の具合が悪いので休ませます」

キッチンにいる小杉にドラクルがそう声をかけ、裕貴は思わず「えっ」と声をあげた。そんなことできるわけない、と言うより先に、驚いたことに小杉が頷いてしまう。

「そうだね、ここんとこ忙しかったし、顔色もずっと悪かったから。休憩じゃなくて、今日は帰りな」

「いや、俺大丈夫です……！」

残ります、という裕貴に、小杉はあのね足立くん、と真顔になる。

「足立くんが一生懸命だし、頑張るって鬼気迫る顔で言うから様子見つつお願いしてたんだけど、皆ずっと心配してたんだよ、最近」

まさかの、「皆」に心配されていたと知り愕然《がくぜん》とした。無意識に、体から力が抜ける。

「これをいい機会だと思って休みなさい。店はなんとかなるから、今日は帰ってよく寝ること」

「でも……」

大丈夫だと弁解したが、裕貴はドラクルによってスタッフルームへと強引に連れ込まれた。

ドラクルは裕貴をスタッフルームの椅子に座らせて、裕貴のロッカーを開ける。

「店長の許しが出た。すぐに帰るといい」

「大丈夫です。休んだら戻ります」

頑《かたく》なにそう言い返すと、どこに潜んでいたのかバーニーが飛び出してきた。

「ば、バーニー！」

駄目ですよ、と慌てて腕で隠す。

「だれもいませんよ。ゆうき、いいからかえりますよ。ついていってあげますから」

まんまる毛玉のコウモリが、膝《ひざ》の上にぽんと乗っかってくる。うるうるとしたつぶらな瞳に見つめられて、緊張していた心が緩み、自然と笑顔になった。

「……大丈夫です、ありがとう」

「大丈夫なものか」

ばん、とロッカーを閉めて、ドラクルは裕貴の荷物をテーブルの上に置く。

「先程の男だろう。このところの、裕貴の不調の原因は」

言い当てられて、反射的に顔を俯《うつむ》けた。

緊張と不安を和らげるように、バーニーの体を撫でる。

「違います」

「じゃあ、最近の裕貴の態度はなんだ」

「なんだもなにも、この時期、こちらの世界……特に飲食業は忙しいんです。俺は社員ですから、仕事も増えます。そういうものなんです」

心身の不調に関しては本当ではないが、完全に嘘《うそ》でもないことを口にする。

心配かけたくない、という気持ちに偽りはないのに、こんな突っぱねるような物言いをしてしまって、結局相手を不快にさせたら意味がない。そう思うのに、正直に話をするわけにもいかない。疑念を抱かれているのは承知の上で、己の言い分を押し通す。

「……裕貴」

はあ、とドラクルが嘆息する。ぎくりと肩が震えた。

怒らせてしまった。そんな不安に襲われていたら、落とした視線の先に、ドラクルの脚が見える。

そして、ドラクルはその場にしゃがみこんだ。

不意打ちで視線が合い、思わず硬直する。

——……ドラクル様。

前職で完全にやられてしまった自分の心を支えてくれたのは、この人だ。

今は生身になって現れ、裕貴の強張った心を和らげ癒してくれている。

「裕貴」

ドラクルに手を優しく握られて、泣きそうになった。

恋した相手に手を握られて、こんなときだというのに、胸が潰《つぶ》れそうなほど嬉《うれ》しい。

「裕貴、辛いことがあるなら、私に言ってくれ。……裕貴には恩がある」

その言葉に、冷水を浴びせられたように頭が冷えた。

「辛い顔をしているのを見ると、私も辛い」

なにもかもすべて吐露し、頼ってしまいたい。

そんな気持ちに襲われる一方で、絶対に頼っては駄目だ、という気持ちも強く湧いた。

——そんなふうに想ってくれているドラクル様に、俺は、邪《よこしま》な気持ちを抱いている。

ただ恩人に報いる、という善意を向けてくれている相手に、場違いなときめきを覚えていることが後ろめたい。

そんなことを知ったら、きっとドラクルは失望するだろう。

嫌な思いをさせたくない。自分が、嫌な思いをさせる。

「言ってくれ、裕貴」

事情を話せば、芋づる式に自分の性的指向の話や、彼にぶつけられた言葉を説明しなければならなくなる。

巻き込んで迷惑をかけたくない。

弱音も吐きたくない。

失望されたくない。

嫌われたくない。

——それに、強くなるって決めたから。木内さんと向かい合って、解決して、そうしたらきっと、やっと素直にドラクル様と向かい合える。

逆に言えば、それまではドラクルに頼ったりする資格はないのだと思う。裕貴は、にっこりと笑ってみせた。

「本当に大丈夫です、俺。心配させちゃってごめんなさい」

「裕貴」

「体力には自信あったんですけどね～。皆にもご心配おかけして申し訳ないですほんと。でも、年末までですからこんなに忙しいのって」

明るく笑って「それまで頑張れます」と言う。

膝の上のバーニーが、おろおろと裕貴とドラクルの顔を交互に見ている。だから大丈夫だと示すために、バーニーにも笑いかけた。

「……俺、ちゃんと向き合おうと思って」

「え……？」

怪訝《けげん》そうなドラクルに、裕貴は顔を向ける。

「本音を話してわかってもらえなかったから……本音を話した結果、攻撃されたから、もう一生このままで、外面だけよくして人付き合いしていけばいいと思ってたんです」

だけど、ドラクルと現実世界で出会って、自分に寄り添ってくれたドラクルに、変わらないといけないと思ったのだ。

だから、その大事な部分をドラクルに頼って甘えるわけにはいかない。それではきっと、変われない。

それをドラクル本人に伝えるのは憚《はばか》られて、「だから、今度は逃げずに向き合いたいんです」とだけ言った。

数秒の間を置いて、ドラクルがすっと立ち上がる。

「——わかった。……取《と》り敢《あ》えず今日は、気を付けて帰るように」

ドラクルの声は、固かった。

彼の親切心を無下にしてしまったことが悔やまれたが、かといってドラクルに頼るわけにはいかない。

バーニーの毛並みをわしゃわしゃと撫でながら「帰りましょうか」と言うと、バーニーは溜《ため》息《いき》交じりに「ゆうき」と呼ぶ。

「ごうじょっぱり」

不満げなバーニーの科白《せりふ》に、「本当に、そうですね」と苦笑した。

木内来襲の翌日以降、ドラクルとの間に、再び微妙な空気が流れるようになってしまった。

仕事中の必要な会話はするし、表面上は普段と変わりがないのだけれど、雑談の頻度は減ってしまった気がする。

木内は相変わらず帰り道に現れる。話しかけられることはほとんどないのだが、それでも心理的な負荷は大きい。

——でも、ドラクル様ってほんと優しい。

一度、言うなれば突っぱねた形になったのに、未だに「なにかあったのか」とか「なにか言いたいことはないか」と水を向けてくれるのだ。

そして「なんでもないです」と裕貴が答えて、ドラクルがなにか言いたげな顔をして「ああ、そうか」と言うのが定番になっていた。

その度に、ドラクルの機嫌を損ねている気がする。だがそれも自業自得、と半ば諦《あきら》めていた。

強情だとバーニーに言われたが、本当にそうだと思う。

――かといって、すみませんでしたって言うのも違うしなあ……。

なにを謝るんだと言われたら、説明しにくい。

それに、自分はまたへらへらと笑って武装し、心のこもってない謝罪と言い訳を並べてしまいそうだ。

そんな日が続き、とうとう裕貴の誕生日の前日というタイミングで、店に顔を出していた千尋から「今日はもう帰りなさい」と言われてしまった。

「え、なんでですか?」

「なんでってあんたねえ」

「いや～仕込みしてから帰りますよ。明日、お休み頂いちゃってるし、今日店長休みだから締めの作業しないとだし」

まだこんな微妙な空気になる前、ドラクルとバーニーに言われて、誕生日は休みを取ったのだ。祝ってやるから、絶対に休みを取れ、と。

ドラクルはというと、今日のシフトはもともと入っていない。

——無駄になっちゃったかもしれないけど。

この微妙な状況で、誕生日のお祝いでもないだろう。

となると、明日はやることもないのだし、折角だから店に貢献して体力を使い切ってしまおうと居残りする気満々だった。

「いいから、もう帰りなさい。あとあたしがいるから」

「なんで。残りますって」

抵抗する裕貴に、千尋は大きく溜息を吐《つ》く。

「……あのさ、最近ちゃんと食べてる？　寝てる？」

「え？　もちろん」

「じゃあ昨日の夜、なに食べたかおっしゃい」

「ええと……」

そう指摘されて、答えようとしたが、思い出せない。

確実に、ドラクルたちと向かい合って食べたのだが、ごそっと記憶が抜けていた。

適当に答えようか迷っていたら、千尋は今度は特大の溜息を吐く。

「あんたそれ、ほんとよくないわよ。ドラクルくんからごはんは食べてるって話聞いてるけど、昨夜の記憶もないって、結構やばいストレスのかかり方してんじゃねえか」

珍しく男言葉になった千尋に、裕貴はへらへら笑ってしまった。

それが、裕貴のよくない傾向だと知ってる千尋は、怒るでもなく心配そうな顔になる。

「久しぶりに真正面から見たけど、あんた顔色ゾンビよ」

「いやそこまでひどくなくないですか？」

「ゾンビよ。しかも痩《や》せたわよ」

千尋はこの店の他にもバーなどを経営していて忙しく、裕貴と顔を合わせるのは本当に久しぶりだった。だからこそ、体型や顔色の変化をすぐ察したのだろう。

早く帰れと追い立てられて帰宅の準備をさせられ、無理やり店の外に出された。

「ちょっと待って。はいこれ」

ずいっと差し出されたのは、食べ物をたくさん詰め込んだ紙袋だった。

「あんた明日お誕生日でしょ。残り物で悪いけど」

「……ありがとうございます」

中身は、ドラクルの好きなてりやき野菜ラップサンドと、スモークターキー、トマトのサラダなどが入っている。「残り物」だなんて言って、到底残らないようなお惣菜《そうざい》もたくさん詰められていた。

「嬉しいけど、こんなにたくさん、食べきれないと思う」

「ドラクルくんいるでしょ。あと他に誰か呼んでわけるなり、数日かけて食うなりしなさい。あーもうほら、日付変わっちゃうじゃないのよ～！　早く帰りなさいよも～！」

きっと、ドラクルと自分の間の変な空気も悟っているのだろう。

余計なことを言わずに、「よき誕生日を！」と裕貴の背中を押してフロアに戻っていった。

――よき誕生日を、か。

居残るわけにもいかず、着替えて店を出て夜の道をとぼとぼと歩く。

千尋の持たせてくれたものは、ドラクルも、バーニーも好きなものがいっぱいだ。きっと、ふたりとも喜んで食べてくれるだろう。

はあ、と吐いた息が白く、闇に消える。

誕生日おめでとう。――ドラクルのことを想像していたせいで、突如、彼の声が脳内で再生された。

まるで、本物の彼の声で聞こえたような気がして、己の一人上手さに呆《あき》れる。

その瞬間、携帯電話の通知音がなった。

まさか、と慌てて画面を見て、落胆する。

――……なんだ。そりゃ、そうだよね。

通知音は、携帯電話に登録している企業アカウントからの「誕生日おめでとうクーポン」のメッセージだった。

期待なんてしていないと心の中で何度も繰り返したくせに、もしかしたらドラクルやバーニーからかも、だなんて期待していた愚かな自分が恥ずかしい。

――もしかしたら、今頃ドラクル様とバーニーと、夕食を食べている未来があったかもしれない。

そう考えて、いや、と首を振る。

――でも、十分幸せな誕生日だよな。考えてみれば。

ゲームの中から大好きなキャラクターが都合よく自分の眼前に出てきて、自分を頼りにしてくれて、職場まで同じになる。そんなことが、そもそも現実に起きるはずがなかったのだ。

「……誕生日に誰かと過ごすなんてこと、一度でも、夢を見られただけでも良かったな」

ぽつりと呟いたら、今度はバーニーの声で「ゆめじゃなくて、ちゃんとおいわいしますよ！はやくかえりますよ！」と聞こえた気がした。バーニーなら、言ってくれそうだ。

一人上手が過ぎる、と我ながらおかしくなる。

「――おい」

家の近くの公園から不意に出てきた人影に、びくっと心臓が跳ねる。

姿を見せたのは、ドラクルではなく、木内だった。

これは、メッセージのときと違い、半ば予想がついていた。

とはいえ暗がりから突然声をかけられるのは、流石に慣れない。

「またお前かよ、足立」

はあ、やれやれ、と木内が顔を顰《しか》めて肩を竦《すく》める。それはこちらの科白だ。

連日「偶然」帰り道に遭遇するたびに、木内は暴言を吐いてきた。最初は避けていれば声もかけてこなかったのに、ひとりのときを狙《ねら》って近づいてきては声をかけてくるようになった。振り切ろうとすると、怒鳴られて追いかけられ、突き飛ばされたりするのだ。

彼を撃退するには、すみませんと裕貴が謝り、自分は木内さんのストーカーじゃありません、ここで会ったのは偶然です、と裕貴が言う。そうすれば満足そうに帰るし、そうしないとつきまとってくるのだ。マンションの前までついてこられたら堪らないので、いつも心を無にしてさくっと謝るようにしている。

――心を無にしてたつもりだったけど、ゾンビかあ……。

千尋に指摘されたことを思い出し、頬を擦《こす》る。

――……誕生日に、最初に会うのが、なんでこの人？

疲弊して、体の力が抜ける。今まで張り詰めていたものがその瞬間、音もなく切れた気がした。

その場にしゃがみこんでしまいそうだ。かろうじて突っ立ったままの裕貴に、木内は飽きもせず因縁を付けてくる。黙って聞いている裕貴に苛立《いらだ》ったように、木内は裕貴の肩を押した。

「そういや、お前、今日誕生日なんだろ？」

「……はあ」

なんで知っているのだろう。誰かが教えたのか。今更だが、個人情報を知られていることに嫌気がさした。

木内は吹き出し、嘲《あざけ》るように指をさして笑った。

「折角の誕生日に、仕事で、しかもひとりなのかよお前」

「……あんたに関係ないだろ」

こぼれ落ちた科白に、木内は目を丸くした。

——あ、やばい。ぼーっとしてて、つい本音が。

木内は怒っているのか笑っているのかわからない顔をして、「は？」と顔を寄せてくる。

「なに生意気な口きいてんだ、ホモ野郎。……また、お前がホモだってバラしてやってもいいんだぞ？」

「どうぞ？」

裕貴の科白が意外だったのか、木内は戸惑いの表情になる。

——……ドラクル様や、バーニーや、店長、バイトのみんなとかに、知られるのは嫌だったけど。

知られたからなんだというのだろう。もういい加減、うんざりだった。

きっと、自分が同性愛者だと知られたからって、色眼鏡で見るような人はいない。内心はわからないが、木内のように絡んでくるわけじゃない。

ドラクルにだって、決定的に知られたくなかったのはいうなれば裕貴自身の恋心だ。ドラクルが今更裕貴の性的指向を知ったところで、差別したりするとは思えなかった。

裕貴があまりに平然としているからか、木内が眦《まなじり》を吊《つ》り上げる。

「強がってられるのも今のうちだ、本当にバラしてやるからな」

「……だから、いいですって。それに、あなたも知ってると思いますけど、オーナーがゲイだってのは周知の事実ですし。今更」

千尋がゲイだというのは店長もバイト仲間も知っていて、その紹介である裕貴がゲイだと言われても、多少驚かれたり、ぎこちない態度を取られたりするかもしれないが、殊更警戒したり差別したりする人はいないだろう。

――考えてみたら、前の職場の人だってそうだ。

驚いて、よそよそしくなるのなんて当然だった。

そう思えるようになったのは、時間の経過とともに心が癒《い》えた、というだけの理由ではない。

自分自身を変えようと思えたのは、ドラクルとバーニーと出会ったからだ。誠実に、本音で向き合ってくれるドラクルに、本音を言わないまま付き合っていたくない。

今までは変わらなくてもなにも不自由や問題はないと思っていたけれど、自分に寄り添ってくれたドラクルとバーニーのために、変わらないといけないと思えた。

「……お前、なに調子に乗ってんだ？　ホモのくせに」

いつもサンドバッグ状態で、言われるがままに話を聞くばかりだった裕貴に言い返されて、木内は逆上しているようだった。

木内は歯を剝《む》いて怒りながら、公園に裕貴を引きずり込んだ。

流石にこれはまずい、と思うが、深夜の児童公園の前を通る人は多くない。思わず助けを求めるように視線を逃したら、肩を突き飛ばされた。

公園の地面に、裕貴は倒れ込む。

睨み下ろし、息を乱す男に内心恐怖を抱きながらも、ぐっと拳《こぶし》を握った。

「……告白を、断ってすみませんでした」

裕貴の科白に、木内の体が大きく強張る。

頭に血が上っている様子だったが、話は耳に届いているのがそれでわかって、内心ほっとした。

「好きだと言ってもらえて、嬉しかったです。……木内さんのこと、先輩として好きだったから」

そう言ってゆっくり立ち上がると、木内は硬直したまま裕貴を凝視していた。

「親切で、仲良くしてくれて、一緒にいて楽しかったです。でも、……だから、あなたとは仲のいい先輩後輩で、同僚でいたかったんです。関係が変わるのが怖かった。……ごめんなさい」

数年越しに、今は本心で頭を下げる。

二度も振る気か何様だとか、もうお前のことなんて好きじゃねえよとか、色々言われることを覚悟していたが、悪口雑言は降って来なかった。

だが、黙って聞いていた木内の顔が怒りに歪《ゆが》む。木内は裕貴の二の腕を乱暴に摑んだ。

「痛……っ」

「じゃあ、なんで駄目なんだよ。きれいごと言いやがって、単に俺のこと嫌いだったんだろ？　俺のこと見下してたんだろ？　だから駄目だったんだろうが！　そう言えよ！」

両肩を摑んで乱暴に揺らされる。

「絶対嘘だ。俺のことをお前が見下してたから、だから俺だってお前のこと」

彼が攻撃的になった理由の一端が覗《のぞ》けて、だからと言って納得できるはずもなく、裕貴は混乱する。

「違います、そんなこと……」

「違うっていうなら俺と付き合えるだろ？　今誰とも付き合ってないもんな？　付き合えないなら、お前の今言ったことはこの場を切り抜けるための嘘ってことになるからな」

めちゃくちゃなことを言う木内と、思い切り揺さぶられていることの合わせ技で、頭がくらくらした。

どう切り抜ければいいのか、と考えを巡らせていると、視線の先に黒い靄《もや》のようなものが見える。

――靄……？

既視感を覚え、だがそれがはっきりしないまま見つめていたら、あ、と思う間もなく燃え上がる炎のような黒い靄が吹き上がり、人の形を作った。

重力を無視した速度でゆっくりと、ドラクルが地に降り立つ。

木内は、音もなく登場したドラクルに気づく様子もない。

――ゲームのエフェクトと一緒だぁ……。

そんな場面でもないのに感動して目を奪われていると、一瞬で距離を詰めたドラクルが背後から木内の肩を摑み、仰向《あおむ》けに引き倒す。

「……っ⁉」

一瞬なにが起きたのかわからなかったであろう木内は、ひっくり返ったまま瞬《またた》きを繰り返していた。

「迎えに来たぞ、裕貴」

「ど、ドラクル様……⁉」

もはやなにから驚いていいかわからず、裕貴は棒立ちでドラクルを見た。ドラクルは微笑《ほほえ》んで、倒れた木内を無視して裕貴の肩を抱く。

それだけで、緊張していた気持ちが和らいだ。

木内は、作り物のような美しさの外国人――裕貴と仲のいい店員のドラクルに引き倒された、ということをようやく理解したようで、慌てて起き上がる。

「なんだ、お前！　突然後ろから襲ってくるなんて……警察呼ぶからな！」

どの口が、と呆れていると、ドラクルも「どの口がそんなことを」と嘲笑《ちょうしょう》した。

木内は一瞬怯《ひる》んだ様子を見せ、何故か勝ち誇ったように笑った。

「お前あの店の店員だろ。じゃあお前、知ってんのか？　そいつがさぁ……」

にやにやと下卑た笑いを浮かべながら、もったいぶったように木内がしゃべりだす。

ドラクルをというより、どちらかと言えば裕貴を動揺させ焦らせたいのだろう。

だがドラクルは木内に冷たく一瞥《いちべつ》を向けた後、無視をして裕貴の肩を払った。手付きは優しいけれど、まるで、木内に摑まれたそこに汚れや菌が付いている、と言わんばかりの動きだ。

「裕貴、さあ、帰ろう。バーニーも待っている」

「待ってるって……」

「約束していただろう？　裕貴は忘れたのか？」

――まさか、誕生日のこと？

もう、あの約束は自然消滅したものだと思っていた。

信じられない思いを抱え、感激に胸を震わせていたのに、汚い声が邪魔をした。

「なんだ、お前らもしかしてできてんのか？」

「……っ、ちが、やめろ！」

本気でそう思っているわけではないのだろう。だが、そういう揶揄《やゆ》やアウティングが裕貴を傷つけるとわかっているのだ。

焦る裕貴を見て、我が意を得たりとばかりに木内が目を爛々《らんらん》とさせる。だが、次に発せられたドラクルの科白に凍り付いた。

「――貴様は裕貴にふられたんだ。潔く諦めろ」

一瞬呆気《あっけ》にとられた様子の木内は、すぐに歯を剝く。

「お前に関係ねえだろ！」

「ならば、裕貴にも関係ない話だ。裕貴は貴様に対し、誠実に答えたはずだ。一度目も、先程も」

その遣《や》り取《と》りを見ていなかったはずなのに、ドラクルがそんなことを言う。

「裕貴は本音で、貴様と向き合ったはずだ。それなのに、貴様は逆恨みし、嫌がらせを続け、果ては力で捻《ね》じ伏せようとした。……そんな相手と、どうして恋い慕う間柄になれるというのだ？」

はっきりと滑舌のよい言葉を突き付けられて、木内はぐっと奥歯を嚙《か》む。

「……俺を馬鹿にした足立が悪いんだ」

「裕貴は貴様の告白を馬鹿にしたり、言いふらしたりはしていないはずだ。まさかとは思うが、馬鹿にした、というのは貴様の告白を断ったことをさしているのか？　自分で言っていておかしいとは思わないのか」

「お前に、関係ねえだろうが！」

再び同じ言葉を叫んだ木内に、ドラクルが右目を眇《すが》める。

ドラクルは裕貴の肩を優しく抱き寄せ、そっとこめかみのあたりに口付けてきた。

「――！」

想定外の行動に、裕貴は息を呑んで固まる。

「関係ないのは貴様のほうだと、もう一度言えばわかるか？」

嘘だ、と木内は呟く。

「嘘なものか。……貴様自身が何度もそう言って裕貴を煽《あお》っていただろう。私とデキているのか、職場にバラしてやるぞと」

木内は唖然《あぜん》とドラクルの顔を見つめ、それからゆっくりと視線を裕貴へ移した。連日の嫌がらせで、反射的に身を竦ませた裕貴は思わずドラクルに縋《すが》ってしまった。ドラクルがそれを察して、抱擁を強めてくれる。

木内は大きく目を見開き、それからその場に尻もちをついた。ドラクルがなにかしたのかと思ったが、そうではないらしい。

「バラしたいなら自由にすればいい。だがもう金輪際、裕貴に近づくことは許さん。……次に近づいたら、容赦はしないからな。いくぞ、裕貴」

強引だが優しく、裕貴の肩を抱き寄せてドラクルが歩き出す。

木内は半分腰が抜けたような状態で、ただ呆然《ぼうぜん》としていた。横を通り過ぎる裕貴たちに目を向けることもなく、ただ固まっている。

裕貴も頭が真っ白な状態で、ドラクルとともにマンションへの道を歩いた。

エントランスに入ったところで、ドラクルが「しまった」と呟いた。

「……肝心の謝罪をさせるのを忘れていた。すまん裕貴」

「えっ⁉　いえ、そんな」

もう充分というか、まだ完全に状況を把握しきれておらず、裕貴は半ばパニック状態のまま首を横に振る。

わかることといえば、今この場にドラクルがいること、そしてドラクルが木内を追い払ってくれたこと、そして何故かドラクルに謝られている、ということだ。

自宅にやっと戻り、ドアの鍵をしめたところでドラクルに名前を呼ばれた。

「裕貴」

「は……」

はい、と返事をするよりも早く、ドラクルの腕に包まれる。まさかの接触に硬直していると、ドラクルは「よかった」と呟いた。

その優しい声と力強い腕に、体中に入っていた力が抜ける。

「間に合ってよかった……怪我《けが》はないな」

「……はい……」

力が抜けたら涙腺まで緩んでしまい、必死に堪《こら》える。

「あんな矮小《わいしょう》な生き物など、潰してやってしまってもよかったのだが」

潰す、というのは比喩《ひゆ》表現ではなく、物理的に、という意味だろう。

物騒な言葉にどうリアクションしていいのかわからず、裕貴はドラクルの胸に顔を埋めたまま黙り込んだ。

「……だが、現代日本でそれはあまりよくない、という常識は、私も得ている。そしてそんな真似をして、裕貴に嫌われ怖がられたくはないから、しない」

自分に言い聞かせるようにも、裕貴に言い訳するようにも取れることを言って、ドラクルがちらりと顔を覗き込んでくる。

なんと返せばいいかわからなくて、少しだけ思い切って、抱きつく腕に力を込める。ドラクルは驚いた顔をして、それから裕貴をぎゅっと抱き返してくれた。

「力を誇示するだけでは、他者と関係は結べない」

ゲームのドラクルは、誰よりも強いから、裏切られない。裏切られることなど想定していない、そういうキャラクターだった。本人もそう思って力を誇示し、尊敬を集め、必要とされ、利用された。

「……だけど、そうしなくても裕貴は私を受け入れて助けてくれた」

裕貴を抱くドラクルの腕に、力が入る。

自分のために考えが変わったのだと言われ、胸にこみ上げてくるものがあった。少しは許されるだろうかと、ドラクルの胸に縋る。

どれくらいそうしていたのか、動揺がすっかり収まった頃、ゆっくりと顔を上げた。できることならばずっとこうしていたいけれど、現実的な案ではない。

「あの、どうしてあそこにいるって、わかったんですか」

所在だけではない、危ない目に遭っていると把握しているような様子だったのが少々引っかかっていた。

ドラクルは裕貴の質問にほんの僅《わず》か顔を強張らせ、目を泳がせる。訊かないほうがいいことだったのだろうか、と撤回しようとしたが、すぐにドラクルが答えてくれた。

「……実は、裕貴にはずっと『護衛』をつけていた」

「……護衛？」

ドラクルが顎《あご》を上向け、夜空を仰ぐ。声は出ていないのだが、なにか話すような仕草をしていた——すると、虚空に突如靄が湧き、そこから毛玉のようなバーニーがぽんと飛び出して姿を現した。

「え、バーニー⁉」

ぱたぱた、と羽を揺らして、バーニーが裕貴の胸に飛び込んでくる。

「ごめんなさい。じつは、ドラクルさまとゆうきがいっしょにかえれないひは、わたしがこっそりついていたんです」

「え⁉」

まったく気配を察知できていなかった。そして、ふと気づく。

――……ちょっとまって、ゲームと同じ設定なら……。

ドラクルは眷属《けんぞく》であるコウモリの目を通して、ものを見ることができる。意思を持つ防犯カメラや監視カメラのようなものなのだ。また、無線機のようにドラクルの声を通すこともできる。

――あれ。待って待って。……俺、前に、部屋の中でバーニーに色々しゃべっちゃって……。

どうして、今の今までその設定を忘れていたのだろう。ゲームから離れていたせいだろうか。

「たんじょうびおめでとう、ってきこえました？」

「……！」

日付が変わったのとほぼ同時に聞こえた声は、幻聴でもなんでもなかったのだ。

思わず勢いよく顔を上げてドラクルを見る。ドラクルは気まずげに、眉尻《まゆじり》を下げた。

「……監視をさせていたなんて、私こそストーカーのようだよな」

ぼそぼそとそんなことを言って、ドラクルが躊躇《ためら》いがちに裕貴の顔をうかがう。

「軽蔑《けいべつ》、するか？」

言いたいことや思うこと、恥ずかしいことは色々ある。

けれど、先程まで本当に彼は人間ではないのだと実感させられるような恐ろしさと美しさ、そして人外の能力を見せつけていたドラクルが、今はしょんぼりしている。

そのギャップに、ほっとするやら愛《いと》おしいやらで、裕貴は「するわけないです！」と言って抱きついた。

結局のところ、惚《ほ》れた弱みというやつなのだろう。ドラクルが裕貴のためにしてくれたことを、怒ることなんて到底できそうになかった。


三人で仲良くリビングへ向かうと、テーブルセッティングは既にされていた。

信じていないわけではなかったが、先程ドラクルが誕生日の約束を反故《ほご》にしていなかった、というのが嘘ではなかったのだとやっと実感した。

さあさあ、とバーニーにソファに誘導され、座らされる。

「あの、お店から料理をもらってきたんです」

「ああ、楽しみだ。ケーキも、ちゃんと用意したぞ」

「えっ」

ドラクルはキッチンへ行くと、観音開きの冷蔵庫から大きな皿を取り出した。その上に、デコレーションケーキが鎮座している。

真っ白で、苺《いちご》がたくさん載ったケーキには、中央部分に「HAPPY BIRTHDAY　ゆうき」というチョコレートプレートが飾られていた。

自分のためのデコレーションケーキを見るのは、何年ぶりだろう。しかも、好きな人に用意してもらえるなんて、少し前までの自分は想像もしていなかった。

「……誕生日ケーキのホールって、これでいいんだよな?」

黙ってじっと見つめていたら、そんな問いを投げられた。

彼らの世界にはない種類のケーキなので、確信が持てず少々不安だったらしい。一応、店長にも千尋にもリサーチしたというのだが、ドラクルもバーニーも、揃《そろ》って少し不安げな顔だ。

あれ、と思い至る。ドラクルは貴族という生い立ちもあり、ひとりで買い物に行くことがなかった。インターネットで注文可能の場合はバーニーが、どうしても店頭で買うしかない場合は裕貴に頼んだり、同行させたりしていたのだ。

――ひとりで、行ってくれたんだ。……俺のために。

裕貴は勢いよく頷いた。

行けないわけではない。けれど、その選択肢は選ばない。そんなドラクルが。

「そうです、ありがとうございます……!」

ほっとしたように表情を緩め、ドラクルが隣に腰を下ろす。

「クリスマスも、ちゃんとホールケーキを買って共に食べよう」

クリスマスの一週間前が誕生日で、ホールケーキは誕生日かクリスマスのどちらかだけ。選ばれなかったほうのケーキは、カットケーキだった。

つい先日かわした、何気ない話をドラクルは覚えていてくれたようだ。

嬉しくて泣きそうになっていると、ドラクルが目を細めた。

目を潤ませながらなんとか堪えている裕貴の手を、ドラクルはそっと握る。

「誕生日おめでとう、裕貴」

「あ……、ありがとう、ございます……っ」

喉《のど》が震えて、声が上手く出せない。我慢していたのに、ついに涙腺が決壊してしまった。

情けなく掠《かす》れ揺らいで満足に言えなかった礼を不快に思う様子もなく、ドラクルは笑ってくれる。そうして、大きな掌《てのひら》で裕貴の両手をそっと握ると、頬に触れるだけのキスをした。

「――っ⁉」

思わず息を止め、体を後ろに引いてしまう。だが、がっちりと両手を握られていたのでまったくままならない。

「嫌だったか？」

「い、いやではないです、けど」

あまりに緊張して呂律《ろれつ》が回らない。ドラクルも本気で不安で訊いているわけではない。

「裕貴。結局、プレゼントの希望が聞けずじまいだった。なにがほしい？　すぐに用意するから、言ってほしい」

仲がぎくしゃくする前に、確かにそんな会話をしていた。考えておけ、と言われていたのだ。

Happy Birthday
ゆうき

どれだけ考えても、裕貴の答えはいつもそこに帰結してしまい、なかなか具体的なものが思いつかず、要望を出すことができなかった。

「……裕貴？」

「──俺、ドラクル様に一緒にいてほしいです」

その願い事にお金はかからない。

けれど、お金を払ってものを買うよりも、ずっと大変で貴重なものを要求する自分は、本当に図々《ずうずう》しい。

わかっていても、それ以外、欲しいものが見つからなかった。

「どんな形でもいい。一緒にいたいです」

拒絶されてもいい。ただ必死に、目を逸《そ》らさずに思いを告げる。

「ドラクル様のお傍《そば》にいるだけで、俺は──」

懸命に思いを口にしていたら、不意に項《うなじ》に触れられた。

「……んっ……」

あっと思う間もなく引き寄せられ、唇を塞《ふさ》がれる。

状況を飲み込めず裕貴の体は反射的に固まった。強張った体を解《ほぐ》すように、優しく項を撫でられる。

「俺……」

閉じた唇を優しく強引に開かされ、口腔《こうこう》内に舌を入れられた。生まれて初めてのキスに、目が回る。不慣れ故に混乱する裕貴を労るような口づけに、次第に体から力が抜けていった。

「ん……」

気がついたら、ソファの上に押し倒されていた。

体がふわふわして、力が入らない。そっと唇が離れていき、近すぎて捉えられなかったドラクルの美しい顔が認識できた。

無意識に口元を手で押さえると、ドラクルに頬を撫でられる。

「嫌だったか？」

キスの余韻でぼんやりしていて、返事が遅れてしまった。

「……どんな形でもいい、と裕貴は言った。私は、裕貴のパートナーとしてともにいたい」

「パートナー……？」

思いもよらなかった言葉に、驚いてしまう。

「……裕貴は、私を見てくれた」

ドラクルの言葉に、頷く。けれど、彼は何故か首を振った。

「裕貴が『ゲームのドラクル』を見てくれていたことは、わかっている。そうじゃなくて、『私』を見てくれているだろう……？」

断定的というよりはうかがうような言葉に、はっとする。

「もちろんです！　……前にも、バーニー越しに言ったかもしれないですけど、今、俺の目の前にいるドラクル様のことが、好きです」

必死に訴えると、ドラクルは安堵《あんど》したように、微かに表情を緩めた。

「前に、『ゲームのドラクル様が好きなんだろう』って訊かれたときに咄嗟《とっさ》に答えられなかったのは、……下心を知られてしまったら、嫌われてしまうと思ったんです」

「嫌うわけないだろう」

だからそれはわからないじゃないですか、と思いながらも苦笑する。そして、ドラクルはゆっくりと裕貴を抱く腕に力を込めた。

「……呪《のろ》いをかけようかという話をしたときに、きっと私が傷つくから、それをさせたくない、と言ってくれただろう」

「え、あ、はい……」

「それが、嬉しかった。……裕貴は、『私』を見てくれてるのだと、思った」

小竜公・ドラクルは、情に厚い面がありながらもときに残忍で、気高いキャラクターだ。息絶える瞬間も、「自分も仲間も、誰にも殺させない」という矜持《きょうじ》のもと、自害を選ぶ。けれど――。

「……私は、誰も恨みたくなかった」

「ドラクル様」

「裏切られ、悲憤したことは間違いない。だが、裏切られ殺されたと、恨みたくなかった。私を殺《あや》めることで、そいつが恨まれるのも、避けたかった」

「え……」

思いもよらぬ話に、裕貴は絶句する。

ストーリーは、あくまで神の視点、あるいは第三者視点で進む。だから、キャラクターの気持ちは受け取り手次第という側面もある。

誰が、あの状況でドラクルがそんなふうに思って、自害を選んだと思うだろう。堪らず、裕貴はドラクルに抱きつく。

「裕貴がゲームではなく、今のドラクルを見た」と確信した理由がやっとわかった。

ドラクルは確かめるように、裕貴を強く抱きしめる。

「……裕貴が嫌なら、キスもセックスもしないでいい。気持ちは、裕貴と同じなんだ。一緒にいられるだけでいい」

優しく微笑むドラクルに、裕貴は自ら口付けた。

触れるだけの拙《つたな》いキスに、ドラクルが少々驚く気配が伝わってくる。

「裕貴」

「ドラクル様こそ、嫌じゃないですか。俺、男で……」

おずおずと不安を口にすれば、ドラクルは思わぬことを聞いたという顔をした。

「それのなにが問題だ」

「え、だって……同性同士で、子供だってできませんし」

ふ、と小さく笑い、ドラクルは裕貴の腰を抱く。

「そうか、こちらの世界は異性でなければならないような決まりがあるのだな」

「決まり、というか……」

「あの男がやけに男同士だなんだと言うので不思議だったが、脅し文句になるのだな」

オーナーがあの様子なので思いもよらなかった、とドラクルが言う。

「世継ぎももはや必要がないし、裕貴と愛し合うことには微塵《みじん》の障害もない」

そう言って裕貴を抱き寄せて、ドラクルが口付けてくる。

「あ、待っ……」

息ごと奪うようなキスに、反射的に胸を押し返してしまう。だが、拒む言葉も行動も許さないとばかりに、更に深く唇が重なった。

「ん、く」

ほとんど経験のない裕貴は、手も足も出ない。

満足に抵抗もできず、思わず泣いてしまうと、ドラクルは根負けしたように折れてくれた。

「……なんだ。泣くのはずるいぞ」

渋々と言った様子で唇を離し、ドラクルは指で優しく涙を拭《ぬぐ》ってくれる。

「あの、嫌ではないんです、けど、バーニーの前でこういうことするのは……」

恥ずかしいです、と消え入りそうに訴える。

ドラクルは目を瞬き、「もういないぞ」と言った。

「えっ⁉　だってさっきまで……」

ケーキと料理の前で、主従で誕生日を祝ってくれていたのに。けれど、周囲を見渡すと確かにあの可愛《かわい》らしいコウモリの姿はなくなっていた。

そういえば、告白のあたりからバーニーの気配はなかったかもしれない。

「え、まさか、この寒い中外に出て……⁉」

「いや、巣に戻った」

「巣」

巣、というのは実際にどこかに作っていたり塒《ねぐら》があったりするわけではない。ゲームと同じ設定ならば、それは「闇の中」なのだ。

国民的猫型ロボットのポケットのように、四次元的な空間に、彼らは身を置いているのだ。ドラクルが公園にやってきたときも同じ手法である。

「あいつは、気が利く部下だから、誕生日を祝ったあたりから空気を読んでさっさと巣にこもっていたぞ」

「そ、そうですか……」

なんだかそれも気恥ずかしくて赤面する。

「……納得したのなら、再開してもいいか？」

改めて真顔で問われ、無意識に腰を引いてしまう。ドラクルは返事を聞く前に強引に抱き寄せて、裕貴の唇を有無を言わさずに奪った。


「あの、もう、もういいです……っ」

もう気がかりはないな、と確認されてベッドへ移動し、雪崩《なだ》れこむように抱きしめられた。

慣れた手付きで脱がされて、細いだけの体をドラクルの前に晒《さら》すのも恥ずかしかったが、あらぬところを触れられ、痴態を晒すだけで、経験値の低い裕貴はもはや限界である。

緊張と不慣れさで固く閉じていた未経験の体は、ドラクルの手によって時間をかけて柔らかく拓かれていた。

「よくはない。もう少しだ……怪我をさせたくない」

ドラクルの形のいい指が、裕貴の中に入ってくる。

魔法で運んだのか、いつの間にか枕元におかれていたオリーブオイルで丹念に広げられた場所は、もうじんじん痺《しび》れていた。ぬち、と濡《ぬ》れた音がするのが恥ずかしい。

「もう、いいですから……あっ、」

指を入れられて、中を擦られると胸の奥が不安で疼《うず》くような感覚に襲われる。裕貴の意思ではなく、体がびくりと強張る瞬間もあった。

逃げた腰を押さえつけられ、広げられる。

「駄目だ。もう少し」

「や、あっ」

感じる場所を執拗《しつよう》に愛撫《あいぶ》されて、妙な感覚がじわじわと腰から体中へと広がっていく。最初はほんの少し、時折、だったものが、徐々にその間隔が短く、そして感覚が強くなってきているのをはっきりと自覚する。

「待って……そこ、変に、あぁっ」

ひときわ大きな声を上げてしまい、両手で口を押さえる。

ふ、と笑って、ドラクルはそこを重点的に指で撫で始めた。

「や、……っ、そこやだ」

「いい子だから、大人しくしていろ」

「んん……っ！」

暴れることもかなわず、ドラクルの指を受け入れる以外にできることもない。

やがて、ドラクルはずっと触れていた場所から指を抜いた。

身を起こしたドラクルが、シャツを脱ぎ、ボトムを脱ぎ捨てる。それだけの動作なのに色っぽくて、裕貴は彼の一挙手一投足を見逃すまいとじっと凝視してしまった。

彫刻のようだなんて表現があるけれど、ドラクルの裸身はまさにそのとおりだ。細身だが筋肉質で、美しく色っぽい。

一糸まとわぬ姿になったドラクルに目を奪われていたら、彼が覆いかぶさってきた。

「……ドラクル様」

期待と不安で声が上ずった。なだめるように、軽く唇が重なってくる。

「ああ、少しいい子にしていてくれ」

ドラクルの指で綻《ほころ》んだ場所に、固く熱いものが押し当てられた。反射的に逃げた体を抱き込まれ、阻まれる。

「……あ、あ……っ」

大きなものが、ゆっくりと体の中に入ってきた。

――熱い。

反射的に体が拒むような動きをしたが、ドラクルは呼吸を合わせながら中へ腰を進めてくる。

「ん、く」

「苦しいか、すまない」

ドラクルの労《いたわ》る声が、色っぽく掠れている。

苦しいのは確かなのに、ドラクルの手は優しく、また気を遣ってくれているのが充分に伝わってくるので、不思議と辛くはなかった。

「裕貴……」

ゆっくりと時間をかけて、深い部分まで繋《つな》がる。微かにドラクルが息を詰める気配がした。

ぴったりと隙間《すきま》なく密着する下肢を目で捉えて、本当に、ドラクルと繋がっているんだ、という実感が湧いた。

下腹を圧迫されるような充溢《じゅういつ》感と、それに比例した幸福感に、裕貴は泣きそうになる。その目元を、ドラクルはやはり優しい手付きで拭ってくれた。

「どうした？　どこか痛いか」

心配してくれるドラクルに、堪らなくなって返事の代わりに抱きつく。

「痛くないです。……大好きです」

頭を振り、そう告げる。ふと、下腹の圧迫感が強くなった気がした。

けれどそれを気に止める余裕もなく、裕貴の思いは唇から零《こぼ》れていく。

「好きです。ドラクル様が好き、ずっと、好きでした……嬉しい」

譫言《うわごと》のように思いを口にすると、ドラクルが小さく息を詰める気配がした。

ドラクルは密着する裕貴を引き剝《は》がすように上体を起こす。

ふう、と息を吐いて前髪を掻《か》き上げると、身を屈《かが》めてまたキスをしてくれた。優しい口付けに自然と瞼《まぶた》が落ち、自らもおずおずと舌を絡めにいく。

「んん……！」

瞬間、奥を突き上げられて息を呑んだ。

「ん、ゃ……っ！」

先程まではほとんど身動《みじろ》ぎをせずにいてくれたドラクルが、ゆっくりと裕貴の体をゆすり始める。最初はただ苦しさが先行し、けれどドラクルに抱かれているというそのことが嬉しくて、幸せで、満たされた。

けれどそのうちに苦しさが薄れてきて、体の奥にあった熾火《おきび》が燃え上がり、甘い疼きで裕貴の理性を焼いていく。

気づけば、裕貴の体はゆるやかに蕩《とろ》かされていた。

「あ、……あぅ、あっ……」

上ずった自分の声が、ひっきりなしにキスの合間に漏れるのが恥ずかしい。

ふ、とドラクルの笑う気配がする。

「可愛いな、裕貴」

「やぁ……っ」

甘く低い声に囁《ささや》かれ、体が痺れてしまう。

ドラクルは裕貴の体を揺さぶりながら、顎、首筋、鎖骨に優しく唇を落としていった。そのたびに、体が感じ入って震えるのが恥ずかしい。

「あ……っ、あっ……」

わけもわからないまま追い込まれて、目に涙が滲む。

自分の恋愛対象が男で、抱かれたいと思う側だと意識してからも、後ろは誰かに触れられたこともないし、自ら性欲解消の目的でいじったこともない。

――こんなに、なるものなの……？

自慰をするときよりも、理性を翻弄《ほんろう》されるように快楽に飲み込まれて、裕貴は目を回した。これがドラクルの魔法だと言われたら、信じるほどだ。

「あ……？　あっ、や……なんか、変……！」

不意に前触れなく、ぞくりと背筋が震えた。

先程まで体を襲っていた熱が、引き潮のようにすっと下がる。けれど、本能的にそれが大きな波の予兆だということがわかって、無意識にドラクルの胸を押し返した。

「や……っ」

けれど抵抗も虚《むな》しくドラクルに手首を取られ、シーツに押し付けられた。

ドラクルは裕貴の異変をわかっているはずなのに、ただ嫣然《えんぜん》と微笑んで、裕貴の体を揺さぶる。

今まで裕貴自身でさえも知らなかった、恐らく一番弱い部分を執拗に責められて、ぐらりと理性が揺らいだ。これ以上はしたない姿を晒したくないのに、嬌声《きょうせい》を止めることができない。

「やめ、待ってくださ……、やぁ……っ」

静止の声を上げながら、裕貴は頂へと押し上げられる。

「っ、裕貴……」

「あ、あっ……！」

達している最中の敏感な中を擦られ、泣きながら喘《あえ》ぐ。やがて、しがみついていたドラクルの背が強張り、彼が耳元で息を詰める気配がした。

「あ……」

その一瞬あと、中が満たされる感触とともに、ドラクルが覆いかぶさってくる。

「……裕貴」

微かに息を乱すドラクルが、唇を優しく重ねてくる。舌が触れ、口腔内を愛撫されて、不慣れな体は感じ入って震えた。

汗ばんだ額に張り付いた前髪を、ドラクルは優しく払ってくれる。

「すまない、優しくするつもりだったのに……途中で理性が飛んでしまった」

本当に申し訳なさそうな顔をされて、裕貴は小さく笑った。

理性が飛ぶほど、裕貴を見てくれたのだ。嬉しい、と言ったら、ドラクルはどんな顔をするだろうか。

「……好きです」

代わりにそんな言葉が出て、ドラクルが微かに目を瞠《みは》る。それから、その美しい瞳を、今まで以上に優しく細めた。

「私もだ、裕貴」

「もうおなかぺこぺこです。いただきまーす！」

そう言って、リビングのテーブルに広げた店の惣菜を、バーニーは美味《おい》しそうにぱくぱくと食べ始めた。たくさん食べて、と羞恥心《しゅうちしん》を抑えながら裕貴は笑顔で勧める。

おなかぺこぺこ、に他意はないのだろうが、食事をお預けにしたまま随分とバーニーを待たせてしまったのだ。

あのあとベッドでもう一度抱き合い、ふたりでそのまま朝を迎えた。

空気の読めるドラクルの眷属はその間、出しっぱなしだったケーキと料理を冷蔵庫にしまい、音もなにも聞こえない「巣」で朝までずっとこもっていてくれたらしい。

朝起きたら、リビングのカーテンを開けてコーヒーなどの準備を整えて主とその恋人を「おはようございます」と出迎えてくれたのだ。

お腹が減っていたのだろう、それでもひとりで食べるようなことはせずにふたりが起きるのを待っていたバーニーは、どこにそんなに入るのかという勢いでオードブルやサラダ、鴨肉《かもにく》のローストなどを口に運んでいる。

それを眺めながらコーヒーに口を付け、ちらりと傍らのドラクルに目を向けた。

彼はすぐに裕貴の視線に気づくと、当たり前のように裕貴の肩を抱いて頬にキスしてくる。

一晩で関係性が明確に変わった、と思うには充分な仕草で、裕貴は赤面した。

小さな違いだが、今までだったら並んで座ることもなかったのだ。

「……裕貴？　何故泣く？」

指摘されて、自分の目に涙が滲んでいたことを自覚した。

慌てて目元を拭い、笑う。

「幸せだな、って思って」

彼がゲームの中にいたときから、それはずっと同じだ。

「幸せです。……俺、ドラクル様に出会ってから、ずっとずっと、幸せでした」

けれどなにもかもから逃避していた頃の「幸せ」と、今の「幸せ」は、少しずつ形が違う。

自分にとってドラクルは癒やしであり、幸せでもあり、逃避でもあった。後ろめたいことを、消えてしまいたい自分を、そんな自分から意識を逸らしてくれる存在だった。それが、以前の裕貴にとっては「幸せ」であったのだ。

「ドラクル様にとっては、こちらの世界に来ることは、最良の道ではなかったと思います。だからこんなことを言ってはいけないのかもしれないですけど、俺は、ドラクル様と出会って本当に幸せです。……ごめんなさい」

滔々《とうとう》と語った裕貴に、ドラクルが小さく息を吐く。

それから、こつんと裕貴の頭を叩いた。

「最後の謝罪がなければ、よりよかったな」

そう言って、ドラクルが優しく笑う。

「気遣ってもらっているのになんだがな、私はこちらに来て不幸だと思ったことは一度もないぞ。故郷を懐かしく思うことはあっても、今はもう、あちらに戻りたいとは思わない」

ドラクルの科白に、え、と目を瞠る。

当初はどうすれば元の世界に戻れるか、と思案していたが、バーニーに「異世界転生物」を勧められて読み、どうもあちらで死んでしまった自分たちはもう戻れない可能性が高い、と主従で早々に見切りをつけていたらしい。

「でもそれはあくまで創作なので……」

「或《あ》るいは、同じように一度死んでみるかという話にもなったが」

「そ、それは駄目です！」

勢いよく否定すると、ドラクルとバーニーは顔を見合わせて笑った。

「……ただ死んだら取り返しがつかないから、一度救われた命を無駄にするのはやめよう、という結論に至った。そこまでして戻ったところで、自分が最後まで生き残れるかの保障もないしな」

ドラクルの言葉にほっと胸を撫で下ろすと、彼らが笑う。揶揄われたのかもしれないが、その方法を試されなくて本当によかった。

「……正直なところ、私はここに来るまで――ここに来てからも、不信感でいっぱいだった。眷属のバーニーは別だが、それ以外は」

「それは、当然だと思います」

彼は、周囲から裏切られ、命を落とした。

それまでも、キャラクター同士はあくまで共闘関係であり、信頼関係があったかというと話は別だ。もちろん、信じやすくて騙《だま》される、という別のキャラクターのストーリーもあったけれど、ドラクルはそういうキャラクターでもなかった。

だからこそ、裏切られたときの本人、そしてプレイヤーの驚きは大きなものだったのだ。まさかドラクルが、と誰もが思った。

「だが……私自身でさえ信じがたい『異世界への転生』という荒唐無稽《むけい》な話を、裕貴は信じてくれた」

「それは、実際にありえないことが起こるのをこの目で見ましたから」

好きなキャラクターそっくりの人間が「転生しました」とただ現れただけでは、流石《さすが》の裕貴もすんなりと信じたかどうかはわからない。

けれど彼は、ゲームと同じエフェクトを身にまとい、闇の中から降ってきた。いくらなんでもそれを「気のせい」で片付けるほうが却《かえ》って非現実的である。

「正直なところ、魔力もないただの人間だから、利用してやろう、という気持ちもあった」

「そうだと思います」

恐らく、後悔の念とともに吐露した当時のドラクルの心情を、あっさりと肯定する裕貴に、ドラクルのほうが戸惑った顔をしている。きっとそれを悔やんでいて、謝罪の言葉を述べようとしていたのに、それより先に「そうだと思います」などと肯定した裕貴に驚いているようだ。

ファンから推しへの愛情は海より深く、空より高く、宇宙よりも大きいのであるが、ドラクルはそういうところには疎いので、困惑した様子である。

ドラクルは、こほんと咳払《せきばら》いをひとつした。

「……だが、裕貴も、私と同じように傷ついていた」

「俺なんて、ドラクル様に比べたら」

否定しようとした裕貴に、ドラクルは頭を振る。こういうものは、どちらがより辛い、というものはないのだと。そして、その考えに至った理由も、彼は話した。

「自分が……自分ばかりが傷ついていると思っていたんだ、私は。だけど、違った」

裕貴を見ていて、同じように傷つき、傷つけられていたと知ったのだと、ドラクルは言う。

「そのくせ、裕貴は『助けて』とも言わない」

助けるつもりで何度も水を向けたのに、裕貴がなにも言わないのであれば助けようもない。どうも、ドラクル達には随分歯がゆい思いをさせてしまったようだ。

「私たちはもうとっくに裕貴を信頼していたが、裕貴からは信用されていないのかと思っていた。呪いは半ば冗談だったが、裕貴が頑なに助けを求めないのは、信頼に足る相手だと思われてないのかもしれないと」

本当はすぐに助けられたけど、裕貴にとって自分たちはそういう存在ではないのかと思うと、助けにいけなかったのだ。

「……自分ばかりが、相手を信用しているのは悲しいものだから」

ドラクルの科白は、ゲーム内で裏切られ殺されたことに端を発している。

「そ、そんなことないです！　俺はただ」

勢いよく否定した裕貴に、ドラクルはわかっていると首肯した。

「ひとりで頑張りたかったのだろう。そして、私たちに迷惑をかけると思って遠慮していた」

違うか？　と問われ、おずおずと頷く。

「だから、私も、ちゃんと一歩踏み出そうと思った」

自身の胸に手を当て、ドラクルが微笑む。

「だから私は、裕貴の前に現れたのだと思った。……神の本当の意思はわからない。だが、私はここに存在する意義や意味を、裕貴に見た」

自分が、ドラクルに対してぼんやり抱いていたことを、ドラクルも考えていたのだと初めて知る。

足りない部分や欠けた部分を補い癒やすときが、この出会いのタイミングだったのだと、裕貴もそう思っていた。

「私のことも、信頼してもらえているのだと思ってもいいだろうか」

ドラクルが裕貴の頰に触れる。

最初の職場を辞めて以降、ずっと誰かと接するのが怖かった。肉体的な接触だけではない、交流という意味での触れ合いも、怖かったのだ。

だがそんな裕貴が昨晩、体に触れるのを許したのは、心も許しているからなのだと、こうして確認されて改めて自分も意識した。

「ドラクル様……」

自ら避けていたことだったけれど、やはり辛かった。もともと、生まれつき人嫌いなわけではない。上手く交流できないことが辛くて、そんな自分が苦しかった。

ゲームのドラクルと出会い、転生してきてくれたドラクルと交流を持ち、やっと、自分のことも好きになれそうな気がする。

「大好きです、あなたのことが。ゲームのドラクル様じゃなくて、今、俺と一緒に生きているあなたが、大好きです」

裕貴、と微笑んで、ドラクルが唇を重ねようと顔を近づけてくる。

自然と瞼を閉じたのと同時に、「ぷちゅん！」と可愛らしいくしゃみが聞こえて、裕貴とドラクルは唇が触れる寸前で同時に目を開けた。

ずっと黙ったまま空気に徹してテーブルの上で食事をしていたバーニーが、唐揚げを手にしたまま涙目になって震えている。図らずも主のラブシーンを邪魔してしまい、黒い顔色でわかりにくくはあるが、真っ赤になっているであろうことが想像できた。

「す、すみません……！　おじゃまはしたくなかったのですが、どうしてもがまんできなくって……！」

涙目になるバーニーに、ドラクルと顔を見合わせ、同時に笑った。

「そうだな、まずは先に腹ごなしでもしようか」

「そうですね。昨日、お夕飯も食べませんでしたから」

折角、ドラクルの大好きなてりやき野菜ラップサンドもあるのだ。どうぞ、と差し出すと、ドラクルはぱっと表情を明るくした。

「……俺、ケーキ食べてもいいですか」

朝からか、とドラクルが苦笑したが、裕貴は頷いてケーキを切り分ける。

そう言いながらも、ドラクルも食べると言い、バーニーも遠慮がちに、だがしっかりとわたしにもください、と言うので、揃いの皿に載せた。

ドラクルが近所のパティスリーで買ってきてくれたのは、ごくシンプルだが豪華で王道な、生クリームと苺のケーキだ。スポンジの間には、薄く切られた真っ赤な苺が、惜しみなくたっぷりと挟まっている。

「改めて、誕生日おめでとう、裕貴」

「おめでとうございます！」

「ありがとうございます」

自分のために買ってもらったデコレーションケーキは、一日経ってしまったけれど、今まで食べてきたどんなケーキよりも美味しかった。

推しが現実《リアル》じゃだめですか

夢かと思ったが、現実だった。

魔法のない世界。見たこともない建物が建ち並び、人々の服装も、乗り物も、食べ物も、治安も常識も、なにもかもが違っていた。それなのに目の前に広がる光景は決して夢ではなく、紛れもない現実であったのだ。

——そんな、出来の悪い御伽噺《おとぎばなし》のような世界で最初に出会ったのが裕貴《ゆうき》で、本当に私は幸運だった。

この世界で初めて目に入った人間が、後にドラクルの恋人となる足立《あだち》裕貴だった。今まで己がいた世界の人種とは違い、地味で素朴な顔立ちだったが、不思議と愛らしさを感じたことを覚えている。

彼は、常識からかけ離れたドラクルという存在を庇護《ひご》し、受け入れてくれた。

やがてドラクルは、彼が大好きだというこちらの「ゲーム」の内容が、自分たちの世界とリンクしていると知って困惑することとなる。

ドラクルが「元の世界」に戻れる算段はつかなかった。なによりもドラクルは、自分は、眷《けん》属《ぞく》たちとともに一度死んでいる。

裕貴と出会わなければ、己という存在は一体どうなっていたのだろうか。

報いねばと思う一方で、己は裕貴に手を引いてもらってばかりいる。

愛されてはいるが、対等ではない。対等に見られては、いなかった。

ドラクルの大望は、恋人と並び立ち、対等に見られるということだった。


「ドラクルさん、戸籍取得おめでとう～！」

「こちらこそ、あなたがたに最大限の感謝を」

勤務先のオーナーである目黒千尋《めぐろちひろ》の乾杯の音頭にワイングラスを掲げながら謝辞を述べると、「硬い硬い！」と野次が飛ぶ。そうして、オーナー、店長、同僚たち、そして恋人である足立裕貴が、口々に「かんぱーい！」と声を上げた。

ドラクル自身は自然な話し方のつもりなのだが、この口調はどうやらこの世界ではあまり一般的な話し言葉ではないようだ。とはいえ、悪い意味で指摘されているわけではないので、気にしてもいない。

店内のテーブルには、ドラクルの好物であるてりやき野菜ラップサンドのほかにも、普段店では出さないパーティメニューが所狭しと並んでいる。ドラクルもバーニーも好きな、ミニトマトのマリネも山盛り作ってくれていた。

「今日はめいっぱい飲んで食べてね！　持ち帰りのぶんもあるからね！」

「ドラクルさんの好きな料理もいっぱい作ったからね～！」

そう言いながら、左手側から千尋がワインを注ぎ、右手側からは店長でありキッチン担当の小杉《こすぎ》が皿に料理を盛って寄こしてくれる。

対面にいる裕貴は、そんな様子を嬉《うれ》しそうに眺めていた。黒曜石のような深い色の瞳には、うっすら涙の膜が張っているようだ。

『ドラクルさま、ごりっぱでございます。……うれしいですねえ、ありがたいですねえ、ほんとうに』

亜空間である「巣」に身を潜めていた眷属のバーニーが、涙声で言った。この場にいる人々には聞こえていないその声に、ドラクルは軽く頷《うなず》く。

――裕貴にも、バーニーにも、他の皆にも……たくさん感謝しなければならないな。

ドラクルは、都内某所にあるカフェバー「カフェ・ガレット」にアルバイトとして勤務している。

それまでは――この世界に来るまでは、吸血鬼であり、公爵であり、世界の覇権のために眷属や魔法を使って戦いに身を投じていた。

――そんな経歴を本気で話そうものなら、嗤《わら》われるか病院に連れていかれる。そういう「常識」を把握できる程度に、こちらの世界には馴染《なじ》めた。

元の世界では争いに敗れて命を落とし、ドラクルは気が付いたら眷属であるバーニーとともにこの世界に降り立っていたのである。それから紆余曲折《うよきょくせつ》を経て、新しいこの世界でドラクルは戸籍を取得するに至った。

今夜はそれを受けて、千尋がバータイムを貸し切りにし「ドラクル・戸籍取得おめでとう」と称して立食式のパーティを開いてくれたのである。

恋人と同僚たちに囲まれ、まるで、自分がこの世界にいてもいいのだと彼らが証明してくれたようで——この世界で生きていくのだと確信と自信を持てた気がして、いくつもある肩の荷をひとつ下ろせたような心地だった。

「オーナー」

「ん？……ひえっ」

胸の内から溢《あふ》れた感謝の気持ちを込めて、千尋を抱きしめる。腕の中で千尋がびくっと固まった。軽く音を立ててチークキスをして、次に反対側にいた小杉にも同じようにハグとキスを贈る。小杉もまた硬直し「ひええっ」と小さな奇声を上げた。ほかのバイト仲間にも順番に同じようにしたが、全員似たようなリアクションをする。

裕貴だけが、なんとも形容しがたい複雑な顔をしながら、抱き返してくれた。

——日本以外の国では似たような文化がある一方で、日本ではあまりハグやキスはしないのだと以前裕貴が教えてくれていたけれど。

承知の上で、どうしても感謝が伝えたくてしてしまった。やはり迷惑だったのかもしれない。前の世界でさえ、あまり自ら進んではしない行為ではあったが。

「すまない、嫌だっただろうか」

尋ねると、全員がぶんぶんと首を横に振る。ドラクルはほっと胸を撫《な》で下ろした。

「私がこの日本で苦労もなく生活できているのは、あなた方のお陰だと思っている。心からの感謝が伝えたかった」

ありがとう、と言葉を重ねれば、全員が「いやいや」「そんなことないよ」と先程よりも勢いよく首を振る。

今までの常識の通じない、魔法の存在しないこの世界で生活できているのはひとえに恋人の裕貴、数多《あまた》いた眷属の中で唯一ともにこの世界にやってきたバーニー、身元不明の怪しいドラクルを雇い入れてくれた千尋、そして労働などしたこともない物慣れぬドラクルを導いてくれた勤務先の面々のお陰だ。本当に、感謝してもしきれない。

「――で、結局、苗字は裕貴のをもらったの？」

手でぱたぱたと頬《ほお》を扇《あお》ぎながら、千尋が問うてくる。

「ええ。裕貴がいいと言ってくれたので」

現代日本での扱いとしては「身元不明で記憶喪失の外国人」であったドラクルは、病院や自治体に幾度も通いつめ、この度ようやく日本国籍および戸籍を取得することができたわけである。

苗字や名前は戸籍取得の際に任意のものを付けることができるそうで、名前はドラクルをそのままに、苗字は恋人の「足立」をもらうことにしたのだ。

ドラクルはそのままに、「足立ドラクル」という日本人となった。

この国の価値観で言えば少々バランスの悪い名づけかもしれないが、ドラクル自身は満足している。

「私にとっては唯一無二の、大事な人の苗字を名乗ることができるのを、これ以上なく幸せに思う」

裕貴と家族になれたようで嬉しい。それだけではなく、これでドラクルは「ゲームのドラクル」とは完全に別物となったのだ。

微笑《ほほえ》みながら言うと、裕貴も含めた全員が何故か赤面して黙り込んでしまった。こほん、と千尋が咳払《せきばら》いをする。

「戸籍が持てたっていうことは、今後は苦労なく色々できるわね。引っ越しとかお仕事とか病院とか」

千尋の言葉にドラクルは小さく頷いた。

「ああ、そういう説明は受けた。今までは裕貴に世話をかけっぱなしだったから、これで少しは報いることができるようになる」

言いながら裕貴に視線を向ける。目が合うと、彼は微《かす》かに眉尻《まゆじり》を下げた。どことなく寂しそうに不安そうに見えたが一瞬のことで、裕貴はすぐに笑顔で首を横に振る。

「世話なんてとんでもない！　手狭で申し訳ないくらいでしたよ、本当に」

「そんな……なにを言うんだ裕貴。単身者用の裕貴の家に居候をして、手狭にさせたのは私だろう。申し訳ない」

己の現状を口にしたら、情けないことこの上ない。裕貴はやけに力強く頭を振った。

「なに言ってるんですか。俺はその分ドラクルさんが近くなるから、嬉しいです」

周囲に聞こえない程度に声を潜め、裕貴がそんなことを言う。傍《そば》にいた千尋だけには聞こえていたようで、思い切り呆《あき》れた顔になっていた。

裕貴は金のないドラクルに気を遣って言ってくれているだけなのに、一瞬喜んでしまう己が嘆かわしい。

狭くてごめんなさい、となにかにつけ裕貴が言うのは、初めて彼の家に入ったときのドラクルの失言に他ならないだろう。今更後悔してもしょうがないのだが、過去に戻れるならば己の口を塞《ふさ》いでやりたい。

「光熱費を払うだけでなく、そろそろ家賃も折半にしたいのだが……」

ここぞとばかりにそんな申し出をしてみる。

「――いえ、とんでもない。ドラクルさんにはお金を払ってでもいて欲しいくらいなので！」

「あんたなに言ってんのよ」

話を聞いていた千尋が、呆れ声で指摘する。まったく同意見だった。

だが裕貴は、その科白《せりふ》こそ意外だとばかりに驚いた顔になる。

「光熱費をもらってるのが申し訳ないくらいですよ、俺は。そのうえ家賃だなんて、とても無理です」

「あんたなに言ってんのよ」

同じ科白を千尋が再び口にした。裕貴は心外だと言わんばかりである。ドラクルも、なんと返したものか戸惑ってしまった。

裕貴に、金の話をしたことは今までにもある。だが、いつも今日のようにはぐらかされてしまうのだ。

――私に金銭面で期待していない、ということだ。

実際、資産などないのに裕貴に期待せよというのが土台無理な話である。あまりに情けない。

「冗談ぶっこいてないで、ひとりだとそれなりの広さはあるけど、ふたりで住んで余裕な物件じゃないんだから。引っ越しするなりなんなり考えておきなさいよ。戸籍取ったんなら、ドラクルくんだって一人暮らししようと思えばできるようになったってことなんだから」

戸籍がないとはいえ、ドラクルのような身元不明人の場合は、行政を頼れば衣食住の援助を受けることができる。とはいえ、その場合は選択肢も自由もほぼないと言っていい。

——元の世界では戸籍という概念がほぼないようなものなので意識したこともなかったからな。

戸籍がないというのは、ドラクルが想像していたよりもとても不便だ。

だが今後は、正社員になることもできるし、住居は自由に選ぶことができる。免許の取得も可能となったし、ドラクルは必要性を感じなかったのだが、国民健康保険の加入はすぐに手続きをした。

——これで裕貴にばかり苦労や負担を掛けずに済む。……すぐに、とはいかないのがなんとも情けない話ではあるが。

公爵という身分を持っていた自分は、「他者にすべてを任せる」ということを当然だと思い、その状況に疑問を持ったことすらなかった。

だがこの世界では違う。自分のことは自分でしなければならないし、できないことは恋人である裕貴の愛情や善意に頼り切り、負担を強いるばかりだった。

そのもどかしい状況を打破する一歩を、やっと踏み出せたのだ。

そんな事実に浮かれて、恋人に小さな変化が訪れていたことに、このときドラクルはまだ気づいていなかった。

千尋は「一人暮らししようと思えばできるようになった」と言っていたが、わざわざ恋人と離れて暮らす理由もない。今更別居するなど、手狭だと言う裕貴には申し訳ないがドラクルには無理である。狭いから、という理由ならふたりで広い部屋に引っ越せばいいのだ。

広い部屋に移り、家賃は折半。戸籍を取得して早一ヶ月、それが目下ドラクルの目標である。

「……ふむ」

ドラクルはリビングのソファで賃貸情報誌を睨《にら》むようにしながら捲《めく》った。

肩に乗っている眷属のバーニーが、間取りを覗《のぞ》き込みながら「『やちん』って、おたかいですねえ」と呟《つぶや》く。

「そうだな……」

溜息《ためいき》交じりに応じた己の声が、やけに沈鬱《ちんうつ》に響いた。

――「ふたりで広い家に引っ越して、互いに平等に家賃や生活費を支払う」というところを想定したものの、どうにも難しいな……。

裕貴は「ゲームのドラクル様」に心酔している。だが自分はそのイメージ像には遠く及ばず、裕貴に頼りない姿ばかりを晒《さら》し続けてきた。

せめて自立したひとりの男として対等に見てもらいたい、という願望を抱いていたのだが、そのハードルすらも今の自分には高すぎて気落ちしてしまう。

「どうしても、ひっこしせねばならぬのですか?」

裕貴の部屋で充分では、と言うバーニーに、ドラクルは頭を振る。

「裕貴自身も以前からこの部屋は手狭だと言っているし、ならば今より広い家に住むのがいいだろう」

「ははあ、なるほど。たしかに、ゆうきはふだんから『てぜまですみません』といっていますものね」

だが、先立つものは金である。

戸籍取得パーティを開いてもらってから一ヶ月が経過してなお、現状は特に変わったことはなにもない。戸籍を得ただけで、仕事も給与もなにも変わっていないのだから、当然と言えば当然だ。

「ゆうきにそうだんしてみたらいかがです?」

「……まだ早い。じゃあ、という話になっても私には満足に払っていけるほど貯蓄があるわけではないからな」

今現在払っているのは光熱費だけで、家賃と食費等はいまだに裕貴に多く負担してもらっている状況だ。裕貴は「俺は社員なので」とフォローしてくれているが、それもまた情けない。

しかし、無い袖《そで》を振ることはできない。

賃貸情報を見る限り、広い部屋に引っ越しなどをしたら途端に首が回らなくなってしまう。

今の己の資産では引っ越しなど夢のまた夢だ。

「相談や提案をすること自体が、おこがましいな。……待っていてくれ、などと言うのも憚《はばか》られるほど、今の私には力がない」

しかも、引っ越しをするならば家賃だけの問題ではない。引っ越し代、前家賃や敷金礼金などの初期費用だけでもかなりの金額だ。

もう少しだけ、せめて引っ越し費用がたまって余裕ができるようになるまで、自分から言うのはやめておこうと思った。計画性がない男の夢など、聞く価値はないだろう。

ふむう、と頷き、バーニーは再び情報誌に目を落とした。

「ドラクルさまのいぜんのおやしきの、『きゃくま』にもみたないおおきさで、なんともはや。いやはや」

「……そうだな……」

過去の自分がいかに恵まれていたのかと思い知るばかりだ。裕貴の好きな「ドラクル様」に、果たして自分は勝てるのだろうか。

「あちらのせかいの『ほうもつこ』にあったものをもってこられたら、とおもわずにはいられませんねえ」

「それこそまさに、絵に描いた餅《もち》というものだ」

はあ、と再びドラクルは溜息を吐《つ》く。

あちらの世界にあった城の宝物庫には、溢れんばかりの金銀財宝が無造作に押し込まれていた。生活にも金にも困っておらず、ただの物置としか思っていなかったが、なんとも贅沢《ぜいたく》な話だったのだと思い知るばかりである。

あの宝物庫の床に散らばっていた金貨がひと摑《つか》みでもあれば、しばらく食うには困らなかっただろう。だが、そんなことを考えても詮《せん》のないことだ。

「──ドラクル様？」

バスルームからリビングへ戻ってきた裕貴に声をかけられて、ドラクルは慌てて情報誌をバーニーの巣へ隠した。

「ゆうき、おかえりなさーい」

「あがったか、裕貴。充分あたたまったか？」

「はい」

平静を装って、ドラクルは裕貴を手招きする。裕貴は賃貸情報誌を見ていたことに気づかなかったようで、特になにも言わずドラクルの隣に腰を下ろした。

ほっと胸を撫で下ろしつつ、風呂上がりの恋人を抱き寄せる。髪や首筋から漂う甘い香りがドラクルの鼻腔《びこう》を擽《くすぐ》った。

――こちらの世界は、元の世界よりも到底豊かには見えない。……それなのに、学問や産業、建物や食べ物、清潔さ……様々な文化が著しく発展しているように思える。

こちらの世界に来てからシャンプーやコンディショナー、ボディーソープなるものを使い始めたのだが、使い心地はもちろんのこと、香りも妙《たえ》なるものだ。

そして、使っているものは同じはずなのだが、自分よりも裕貴から香るほうが香《かぐわ》しく感じる気がした。石鹸《せっけん》の芳香の奥にある、裕貴自身の匂いと混ざっているからだろうか。

その香りを楽しんでいたら、不意に裕貴のほうからしがみつくように抱きついてきた。

「裕貴、どうした」

いつも控えめな恋人の積極的な様子を珍しいと思いつつ、ドラクルも恋人の細い体を抱き返す。バーニーは空気を読んでいつの間にか消えていた。

「裕……」

裕貴は真っ赤になりながら、ぎこちなく唇を寄せてくる。互いの唇が軽く触れ合った瞬間、ドラクルは裕貴の腰と項《うなじ》を引き寄せてキスを深めた。

「……っん……」

裕貴は奥ゆかしく、自ら求めてくることはほとんどない。そんな彼が恥じらいながら愛情表現をしてくれたのが嬉しくて、堪《たま》らず抱き上げてしまった。

「あっ……」

勢いよく横抱きにすると、裕貴が慌てた様子で抱き着いてくる。そんな自分に気づいてはっと体を離そうとした裕貴を、ドラクルはしっかり抱き寄せた。

「あの、重いですから」

「ちっとも重くなどない」

ドラクルはこちらの世界の人間よりも力があるようで、成人男性ひとりくらいは軽々と持ち上げられる。それなのに、いつも申し訳なさそうに恥ずかしそうにする裕貴が堪らなく愛らしい。

寝室へと向かい、裕貴をそっとベッドの上へ下ろす。戸惑いながらも期待するような誘うような瞳に見つめられ、ドラクルは誘われるように恋人を押し倒した。

「……ドラクルさ、……っ」

優しく、けれど深く口付けながら裕貴の舌と唇を堪能《たんのう》し、名残惜しく思いながら顔を離す。

裕貴は頬を上気させ、微かに色気を帯びた潤んだ瞳でこちらを見つめてきた。

「ドラクル、様。……あの、……」

きゅっと袖を摑まれ、その愛らしい仕草に己の体温が少し上がった気がする。

その高ぶりを押し殺しながら、「どうした？」と優しく問いかけた。

「……っ、えっと」

意地の悪いドラクルの返しに、裕貴はますます赤くなる。あの、ええと、と口ごもる姿も可《か》愛《わい》らしい。

宥《なだ》めるような仕草で、裕貴が感じる弱いところを柔らかく触れてやる。そんな邪《よこしま》な気配に気づきもせず、裕貴は気まずげに震えた。

「今日も疲れただろう。……もう、寝るか？」

「っ、あの……」

言葉ではっきりと誘うように促しているのを察しているのだろう、裕貴は羞恥《しゅうち》に頬を染め、困惑したようにドラクルを見る。頬を撫で、優しく耳殻を弄《いじ》ってやると、堪えるように唇を噛《か》んだ。

「裕貴」

裕貴が恥ずかしがりながら誘ってくれるのを待っていたが、結局耐え切れなくなったのはドラクルのほうだ。可愛い恋人の誘惑を待てずに、唇を奪った。

「……明日も仕事だからな。今日はあまり遅くならないうちには、寝かせるつもりだ」

「は、い……」

消え入りそうな声で頷いた彼を愛《いと》おしく思いながら、ドラクルは風呂上がりで火照《ほて》った裕貴の素肌に触れた。

「ドラクルくん、なんか調子いいわねえ」

バータイムもラストオーダーを過ぎ、客のいないカウンターで酒を飲んでいた千尋にそう声をかけられて、ドラクルはグラスを磨きながら首を傾《かし》げた。

「そうだろうか」

「うん。調子いいというかご機嫌というか。なにかあった？」

ドラクルの雇主である千尋は、非常に従業員のことをよく見ている。機嫌だけでなく、体調などの変化にもよく気づいているようだ。

ドラクルはあまり感情が読みやすいタイプではないと思うのだが、それでもよくこうしてドラクルにも声をかけてきてくれる。

きゅ、とグラスを磨きつつ、ドラクルは口元を緩めた。

「――そうだな。昨日も今日も、恋人が可愛い、ということがあるな」

自分の機嫌がいい理由などそれくらいしかない。

適当に誤魔化してもよかったが、客がほとんどおらず、終業間近ということもあり素直に答えた。ちなみに今日は裕貴の休みの日で、彼は自宅にひとりでいる。

自分から話を振ったくせに、千尋は「おっふ」と小さく奇声を上げた。頬を染めた千尋の前に、チェイサーのグラスを置く。彼はそれを一気に呷《あお》った。

「流石《さすが》外国人、臆面がないわね……」

「残念ながら私は日本人だ」

そうだけども、と千尋が唸《うな》る。ドラクルは空になったグラスをすぐに下げた。

思い返せばドラクルが戸籍を与えられ足立ドラクルとなってから、裕貴のほうからベッドへ誘ってくれることが格段に増えたように思う。最初は単純に恋人を可愛いと思っていたのだが、もしかしたら戸籍を得て自立に近づいたドラクルを、彼はもっと好きになってくれたのかもしれない。

「藪《やぶ》をつついて蛇を出しちまったわ……」

「自分から訊《き》いたくせにひどい言いようだな」

そんな軽口を叩《たた》いていると、最後まで残っていた客のグループが席を立つ。会計を終えて見送ると、千尋が「もうクローズの札出しておいていいわよ」と言った。閉店の札を下げて、扉の鍵《かぎ》を閉める。

「よかったわねえ、恋人が可愛くて……。可愛いって自慢するような恋人ができて、裕貴もよかったわ。あの子には本当に、心配ばっかりかけられたから」

前半は呆れつつ、けれど後半は慈しむような口調で言う千尋に、頷く。

「そうだな」

「でもね、あたしの恋人だって最高に可愛いのよ」

「そうか」

もうちょっと興味持ちなさいよと睨む千尋に、ドラクルは口元を緩めた。

――裕貴は可愛いが、……ちょっと心配なのも確かではある。

最近、裕貴がとても積極的だ。嬉しいがその一方で、少々気になることがあった。

――裕貴が自ら求めてくれるようになったのは嬉しい。……だが、その割に不安そうな顔を見せることも増えたような気がする。

そう思い始めると、求めてくれる際もどこか必死な様子にも見えてくる。

当初、裕貴の見せるふたつの表情に関連性を感じてはいなかったが、なにか因果関係があるのかもしれないと最近は思い始めていた。だがドラクル自身には、恋人が不安になるような心当たりがない。

――オーナーに訊けば、なにかわかるだろうか。

扉を離れて振り返ると、いつの間にかカウンター席からカウンターの中へ移動していた千尋がコロナビールを二本、こちらに向けて掲げて見せた。

「ねえ、店も閉めたし、ちょっと付き合わない?」

「レジ締めがまだだが」

「じゃあそれが終わってからでいいわよ」

そう言いながら栓を開け、千尋は瓶に口をつける。やれやれと苦笑しつつ、ドラクルはレジ締め作業を始めた。

ドラクルの横顔を眺めながら、千尋が「さっきは茶化したけどさぁ」と呟く。

「……裕貴にドラクルくんみたいな恋人ができて、よかったなぁって本気で思ってんのよ。あの子、今まで男運なかったから」

レジ締め作業をしながら、視線を千尋へ向ける。顔に感情を滲《にじ》ませたつもりは特になかったが、千尋はふっと笑った。

「意外とやきもち焼きよねえ、ドラクルくんって。……心配しなくても他意はないし、あの子の過去の男と比べているつもりなんて、もっとないわよ。そもそも、あの子に『過去の男』なんて存在しないしね」

ドラクルが浮かべた心情を言い当てて、なによりあたしには可愛い恋人がいるんですものー、と言いながら、千尋は指でハートマークを作る。

裕貴はドラクルが初めての恋人であり、キスもしたことがないと言っていた。無論、信じていないわけではないが、思わせぶりな千尋の言葉に少々引っかかってしまったのだ。

「……オーナーは、読心術でも使えるのか？」

この世界にも特殊な能力を持つ人間がいないとも限らないので半ば本気で訊ねたが、「ドラクルくんもそういう冗談言うのねえ」と笑い飛ばされてしまった。

読心術の心得がないのに言い当てられるほうがかえって怖い気がする、と思いながらも、ドラクルは口を噤《つぐ》む。

「そうじゃなくてね、ドラクルくんも知っての通り、男運……同僚運のほうがいいかしらね、それに恵まれなかったせいで、人付き合いも恋愛にも及び腰だった裕貴が幸せそうであたしも嬉しいなって思ってるって話」

下心など微塵もない口調で千尋が言う。その口調は親や兄弟のようで、けれどやっぱりほんの少しの嫉妬心《しっとしん》も生まれた。

「だが最近ちょっと様子がおかしい……と、思うことがある」

「え？　裕貴が？」

なにか心当たりがあるだろうかと思い水を向けてみたが、勘のいい千尋もそのことに気が付いていないようだ。――つまり、その不安げな顔はドラクルにしか向けていない、ということなのだろうか。そんな考えに至り、微かに血の気が引く。

「……ああ。近頃、時折物憂げな顔をする」

今ではドラクルよりも裕貴と行動をともにしていることの多いバーニーも、裕貴の様子に変わったところは感じないそうだ。店でもいつも通り、にこにこと働いているとのことである。

今日はドラクルの側《そば》にいるバーニーは、巣の中で「わたしもやっぱりわからないですねえ」と言った。

「それは、幸せすぎて怖い、みたいなやつではなく？」

「そういうことならば、いいのだが」

千尋の言うようなことならば、ドラクルも安心できる。だが、そうでなかったら、裕貴の不安や不調をこのまま見逃すのは怖い。

千尋へと視線を向け、躊躇《ためら》いながら「ときに」と切り出す。

「仕事でなにかあったりしないか」

「ええー!? 知らないわよ、濡《ぬ》れ衣《ぎぬ》よぉ。少なくとも、うちのお店関連で……お客や同僚との人間関係で悩んだりとか、そういうのはないはずよ」

給与面はわかんないけどさ、と冗談めかして千尋が言う。

そちらに関しては、多くもらえれば勿論《もちろん》ありがたい話ではあるけれど、給与が低いと悩んでいるとはドラクルも思っていない。

「むしろ家ではどうなのよ」

「……日々なにかに疲れているのかと思い、私がやれることは、できる範囲ですべてやっている」

アルバイトをしていることで酒やちょっとした肴《さかな》などは作れるようにはなったが、料理の腕はプロである裕貴に遠く及ばない。その代わりに、掃除や洗濯などはドラクルが積極的にやるようにしている。

近頃では、夜に裕貴を疲れさせることが増えてしまったので、不得手なりに朝食もドラクルが用意するようになった。そのとき裕貴は、申し訳なさそうにしながらも美味《おい》しそうに食べてくれる。

「あらー。じゃあ結構色々やってあげてるのね。羨ましいわ」

褒めてくれるのはありがたいが、ますますわからない。

「やってあげている、などと口幅ったいことは言えない。今まで裕貴に頼りきりだったのだから、このままではいられないと思い行動しているだけで……」

報いているかと問われれば、答えは否だ。この世界の住人として自立して、自活できる力を身に着けなければならない。裕貴に頼り切りではいられない。

話を聞きながら、千尋がふむと頷く。

「すっごくいい話なんだけど……じゃあ裕貴の不調はなんなのかしらね？」

首を傾げる千尋に、ドラクルは頭を振った。

「わからない。不調というのも私がそう感じているだけかもしれない。だが日頃からもう少しなにかしたりしたほうがいいだろうか？　他になにをすればいいと思う？　……それとも、生活面以外でなにか別の事情があるのだろうか」

「そんなの、裕貴本人しかわかんないわよー。本人に訊いてごらんなさいって」

単に体調不良かもしれないし、と千尋が肩を竦《すく》める。

「……だが、実際になにか事情があったら、訊いてもはぐらかされそうでな」

「うーん、それは確かにそう」

裕貴の美点でもあるのだが、なにか悩みや問題があった場合に、内々で解決しようとするところが彼にはある。相談はしてほしいが、無理矢理聞き出すような真似もしたくはない。

結局のところ、闇雲《やみくも》に行動しても解決のしようがなさそうだ。大人しく待機して裕貴が話してくれるのを待っているしかないのだろう。

特大の溜息を吐くと、やあねえ、と千尋が苦笑する。

「溜息吐いたら幸せが逃げるわよぉ」

「そうなのか……⁉」

慌てて口を噤むと、千尋が「迷信よ、迷信」とあっさり否定する。

「じゃあ、そんな迷えるドラクルくんに、いい話をしようかと思うの」

「いい話？」

目を細め、千尋はすでに栓の開けてあったビールの瓶をドラクルに寄こした。

「えっ⁉　社員登用の話⁉　すごいじゃないですか！」

帰宅するなり千尋から齎《もたら》された「いい話」を報告すると、裕貴はまるで自分のことのように喜んでくれた。同じく、バーニーも裕貴と一緒に喜んでいる。

ドラクル自身も確かに嬉しかったのだが、どちらかと言えば驚きと戸惑いのほうが大きかった。けれど、ふたりの反応を見て、じわじわと実感と嬉しさがやってくる。

「すごいでしょう、そうでしょう?」

まるで自分のことのように言って、バーニーが毛でふかふかの胸を張った。

「ドラクルさまのどりょくが、きちんとみをむすんだのです！　あのものは、みるめがあります！　わたくしめ、はなしをききながら、ゆうきにほうこくしたくてしょうがなくて……！」

「そりゃそうですよ〜！」

ふたりは手に手をとって、きゃっきゃと喜んでいる。

バーニーは千尋から社員登用の話を聞いている最中には表に出てくるわけにはいかなかった。話は聞こえているので、ひとり巣で悶《もだ》えていたのである。

その反動か、ドラクルが帰宅してマンションのドアを閉めるなりスポーンと飛び出して、既に帰宅していた裕貴のもとへ一直線に飛んで行った。

少々恥ずかしいが、ふたりが喜んでくれることがなによりも嬉しかった。

くるくると踊っていた裕貴とバーニーが、ドラクルに顔を向ける。

「お祝いしましょう！　この時間じゃ今日は無理ですけど、お休みの日にでも」

「わたしもてつだいますよ、ゆうき！」

「ありがとう。……まだ正式に返事はしていないのだが」

返事は今日じゃなくてもいい、と千尋が言うので、念のため裕貴にも相談しようと思っていたのだ。話を受けない理由もなかったが、相談する間もなく喜んでくれた裕貴を見て、すぐに承諾の返事をしようとドラクルは思う。

お祝いにもならないですけど、と言いながら裕貴がコーヒーを淹《い》れてくれて、ふたりでリビングのソファに並んで座った。バーニーのぶんはホットミルクだ。バーニーはテーブルの上で、ミルクをうまそうに飲んでいる。

裕貴は再び、「おめでとうございます」とマグカップで乾杯してくれた。

「社員ってことは、俺とは交互にシフトに入る感じになるんですかね。今よりもっと時間がなくなっちゃうのかな……」

可愛いことを言う裕貴に、自然と頬が緩む。

現在のカフェ・ガレットの社員は店長の小杉、そして裕貴のふたりである。そこにドラクルが社員として加わるということは、カフェタイムの裕貴とバータイムのドラクル、のように完全入れ替え制のシフトとなるのでは、ということだ。

「いや……そもそも勤務先はカフェ・ガレットではなく、別の店舗の社員だそうだ」

「別の店舗？　そうなんですか？」

「『バー・ブラックアイ』という店だそうだ」

「え、ブラックアイ⁉」

バー・ブラックアイは、カフェ・ガレット同様、千尋がオーナーの飲食店だ。店と店の距離は徒歩十分程度だった。

駅の近くにあるオーセンティックバー寄りのダイニングバーで、現在はバーテンダー兼店長がたったひとりで回している店舗であると聞いた。

十八時開店、翌二時半閉店。けれど、客がいれば店長判断で始発が動く四時半までは店を開けていることもある、という話だ。

「知っているのか」

「はい。ごくたまに手伝いに行くこともあります。実はドラクル様がこちらの世界に来てからも、何度か行ってますよ。荒川《あらかわ》さん……ブラックアイの店長がこっちに手伝いに来てくれることもありましたし」

全然気づいていなかったので、裕貴の言葉にドラクルも目を丸くする。

「そうなのか。あちらの店長にも会ったぞ。今日、カフェ・ガレットのクローズ後に顔合わせに寄ってきた」

「ええー！　今日の今日で⁉」

社員登用の返事を保留にしているのによいのだろうか、とはドラクルも思ったのだが、「実際に店舗を見たほうがいいも悪いも返事しやすいでしょ！」と千尋に引っ張られたのだ。

「千尋さん早すぎ……どうでした？」

バー・ブラックアイの店長兼バーテンダーの男の名前は、荒川眞《まこと》といった。

「あらかわ、というおとこは、なんだかかわっていましたねえ」

顔合わせの際、巣の中で様子を見ていたバーニーが、どこか不満げな様子で口を挟む。

「変わっていた？　……どのへんがですか？」

裕貴の質問に、バーニーはつぶらな瞳をカッと見開く。

「この！　ドラクルさまをみて、なんのはんのうもしめさなかったんですよ！」

それはそういう人間だっているだろう、とドラクルは思ったのだが、裕貴はその言葉を聞いて衝撃を受けていた。

「ええー！　し、信じられない……！　本当ですか？」

「ほんとうですとも！　ドラクルさまのうつくしさをみて、なんともおもわないのですか、このおとこは……⁉　と、おののいてしまいました」

確かに、ドラクルを初めて見た人々の反応は大体同じだ。「どこの国の人？　日本語話せる？」と訊いてきたり、「かっこいい」「美しい」と評したり、なにも言わないがじいっと顔を凝視してきたりする者がほとんどだ。

荒川の場合、ドラクルを見て一瞬目を瞠《みは》ったような気がしたが、すぐにすっと無表情になった。それからすぐに自己紹介をしあって、仕事の内容の話に移ったのだ。

「だがバーニー、反応を示す者には『無礼』といちいち腹を立てていたではないか」

ドラクルの指摘に、バーニーはふっと目を瞑《つむ》って頭を振る。

「たしかにそうですが、あまりにそういう『りあくしょん』ばかりなので、さいきんではわたくしめもすっかり『ドラクルさまがうつくしすぎるからしょうがない……』とあきらめたのでございます」

「わかる」

間髪を容れずに同意した裕貴に、バーニーもうんうんと頷いた。ドラクルには理解が及ばないが、裕貴曰《いわ》く「複雑な従者心」というものらしい。

「でもそっかぁ、ブラックアイに人を増やすんですね」

「ああ、最近客足が伸びてきたそうだ」

千尋から聞いた話によれば、元々は完全に趣味、道楽で作った店だという。けれど予想に反し、荒川のお陰か徐々に客が増えていき、最近は手が回らない日も増えてきたそうだ。

それで、戸籍も無事取得できたドラクルに白羽の矢が立った、ということである。

「うちからも結構ヘルプ行ってるし、それはそうか……。でもバータイムでも超戦力のドラクル様だし、選ばれるのもなんか納得です」

目を輝かせながら言った裕貴は、すぐに表情を曇らせる。ころころと表情が変わるのが可愛い。

「店が違って、もしかしたら顔を合わせる時間も減っちゃうかもしれないのは寂しいですけど、でも、それよりもすごく嬉しいです。おめでとうございます」

「ありがとう、裕貴」

「それに、バーのほうが吸血鬼であるドラクル様にとっては、体に無理がないかもしれないですね！」

ドラクルを気遣ってくる裕貴に、思わず笑みが零れる。

とはいえ、こちらの世界に来てから、ドラクルはほとんどこちらの人間と変わらない体になった。それについて、こちらの創作物に触れているバーニーは「こういうもののおやくそくは、『ちーと』なのですよ。それなのにドラクルさまはなぜ『でばふ』なのか」と嘆いていたが、つまり、本来ならば異世界に来る前よりもできることが増えているのが物語では定石であるのにドラクルの場合は弱体化した、ということである。

それについては現実と創作の違いだろうと諭したが、バーニーは不満げだった。

確かに、多少魔法は使えるし怪力と呼ばれる腕力はあるものの、以前の力に比べれば些末《さまつ》なものだ。蝙蝠《こうもり》に変化することもできなければ、吸血した相手を同族に変化させられる能力も今はない。

一方、死にはしないが苦手としていた日光とニンニクと十字架も、まったくもって平気になった。だが、長年の生活習慣というものはあり、朝は弱い。裕貴の言うとおり、主に夜に働くバーは働きやすそうではあった。

「そうだな、夜間勤務になるのは助かる」

裕貴がドラクルのことを考えてくれている事実が嬉しく、ありがたい。以前までの自分ならば考えられないことだが、愛しさと、恩に報いたいという気持ちが溢れるようだった。

堪らなくなって、裕貴の肩を抱き寄せる。黙ってミルクを飲んでいたバーニーは、ぴゃっと小さな声を上げ、慌てた様子で巣の彼方へと身を潜めた。

「……ドラクル様」

それ以上のことさえもう何度もしているというのに、裕貴は未だに初々しく緊張した様子で、瞼《まぶた》を伏せた。

触れるだけのキスをして、名残惜しく思いながらも唇を離す。裕貴と視線が合い、どちらからともなく微笑んだ。たったそれだけのことで、幸せで、穏やかで、満たされた気持ちになれる。

――とても苦労をかけた。今後は彼の負担にならないようにしていこう。

できれば、元の世界のように裕貴が何人いても養えるほどの資産や力を持つのが理想だが、それが現実的ではないことがわかるくらいにはこちらの世界に馴染み、世間を知った。

――とはいえ、なるべく早く新居へ移動したいところだ。

社員の住まいは、ほとんど千尋が用意してくれているらしい。千尋のパートナーが不動産を持っているそうで、引っ越しを希望する場合は気軽に相談してねと言われていた。

まだ先の話だが、物件の選び方や引っ越しの仕方を聞いておこうか、と思案する。

「……ドラクル様」

「ん……？」

隣に座っていた裕貴が、ドラクルにキスを仕掛けてくる。一瞬驚いたものの、すぐに唇を開いて応えた。

——このところ、本当に積極的になった。

ぎこちなく緊張した様子ながら、求めてくれる恋人が愛おしい。元々それほど回数が少ないほうではなかったが、今では二日とあけずに体を重ねている。

以前まではほとんどドラクルから誘う形だったのに、裕貴のほうからもかなりの回数を求めてくれていた。

「……いいのか、明日も仕事があるだろう」

唇の隙間《すきま》でそう問いかけると、裕貴は頬を染めた。

「明日は、遅番ですし……もし、ドラクル様が嫌じゃなければ」

恥ずかしそうに、声が尻すぼみになっていく。可愛らしくも色っぽい恋人に、腰のあたりが甘く疼《うず》いた。

裕貴の細い腰を抱き寄せて無理矢理膝《ひざ》の上に乗せ、立ち上がる。

「嫌なものか。寝室へ行こう、裕貴」

ドラクルを見下ろす裕貴の瞳が、ほんの少し潤む。いかにも健全そうで、淫《みだ》らなことなどなにも知らないような顔をした裕貴がこうして滲ませる色気が、ドラクルは堪らなく愛おしく、劣情を掻《か》き立てられた。

「ドラクル様……」

優しい声で名前を呼んで、裕貴が恭しく唇を合わせてくる。

一時も離れたくない。そして、頼られる男になりたい。その一歩を踏み出せたことと、愛しい恋人からまっすぐに向けられる熱を帯びた好意に、ドラクルの気分は高揚した。


バー・ブラックアイの店長の荒川は、ドラクルほどではないが背が高く、痩《や》せ型で、バーに相応《ふさわ》しく静かな声で話す。無表情だが無愛想というわけでもなく、静かだが無口ではない。動きはゆったりとして見えるのに作業は早く、てきぱきしていた。

年齢は千尋よりも三歳年下の三十二歳で、独身とのことである。

「いらっしゃいませ。――ドラクルさん、丸氷の準備お願いできますか」

バーのドアが開き、五十代ほどの男性サラリーマンが入ってきたのと同時に、小さいがはっきり聞こえる声でそんな指示が飛んでくる。

「わかった」

丸氷はウイスキーを飲む際などに使われる、子供の拳《こぶし》ほどの大きさの氷のことだ。バーテンダーが氷の塊をアイスピックで球体型に掘り出して作る。

足元の冷凍庫から氷の塊を取りだして作業をしていると、先程の男性客とそのすぐ後にやってきた二十代くらいの男性客が目の前のカウンター席に並んで座った。

「いらっしゃいませ、高田《たかだ》様。今日はお連れ様がいらっしゃるんですね」

常連らしい高田と呼ばれた男性客は、荒川の言葉に嬉しげに目を細める。

「そ、息子。先週二十歳になったから連れてきた。あ、スコッチをストレートで」

注文を受けた荒川は用意を始めながら「それはおめでとうございます、スコッチウイスキーをストレートですね、かしこまりました」と返した。

少々浮かれ気味の父親に対し、息子は怒っているのか緊張しているのか、そわそわと落ち着かない様子だ。

一体なんなのかと内心疑問に思っていたら、荒川がバーカウンターの隅に置いてあるメニュー表を彼の前に置いた瞬間、ほんの少しだけ強張《こわば》りがほどけた。

「お連れ様はどうなさいますか。メニューにないものでも構いませんよ」

促されて、彼はちらりと荒川を見て、また不機嫌そうな顔になる。

高田はおつまみのチョコレートとナッツが出される前に一杯目を飲み干してしまった。荒川がすぐに「次はいつも通りロックをお出ししますか？」と訊《たず》ねる。うん、という高田の返事とともにグラスを下げて、新しいグラスにドラクルが切り出したばかりの丸氷を入れて、二杯目をすぐに提供した。

——早い。常連だからというのもあるだろうが……。

入れ替わりになった空のグラスを下げて洗っていると、息子のほうが結局ほとんどメニューを見ないままやっと口を開く。

「……カシスオレンジ」

「かしこまりました、少々お待ちください」

「翔《しょう》、お前なぁ、バーに来てカシスオレンジなんて頼むなよー。本来バーに来たなら、メニュー表なんて見ないで頼むもんだぞ」

軽くくさしながらもどこか嬉しそうな父親に、息子の翔は舌打ちをして睨みつけた。

「二十歳になったばかりの息子連れてこんなとこ来るなんて馬鹿じゃねえの？　酒詳しいんです人とちょっと違うんですアピールうざいんだけど。……俺だけ私服だし、最悪」

こんなところとはなんだ、という気持ちが湧いたが、相手は客なので口を閉じる。

父親のほうは突然怒り出した息子にかなり戸惑っている様子で、硬直していた。

「――お待たせしました。カシスオレンジです」

そんな険悪なムードに気づいていないかのように、荒川がのんびりと口を挟む。親子の遣《や》り取《と》りの間も、彼の手はずっと動いていたのだ。

縁にオレンジのスライスが飾られたコリンズグラスで提供されたオレンジと濃い紫のグラデーションが美しいカクテルである。それが目の前に置かれ、翔は少し目を奪われたようだった。

「……これ、撮ってもいいですか?」

「もちろんです。あ、撮るなら少しずらしますね」

そう言って、荒川がグラスの位置をずらす。吊《つ》り下げられた照明の真下になって、まるでピンスポットが当たっているようになった。

それを携帯電話で撮っている息子に、「それと、当店はドレスコードがありませんのでご安心ください」と言い添える。携帯電話から目を離し、翔は「……そうなんですか?」と今度はわかりやすく安堵《あんど》の表情になった。

――ああ、ずっとそれが気にかかっていたのか。

何故息子はこんなに苛立《いらだ》っているのだろう、反抗期というやつか、としか思っていなかった。巣に潜んでいるバーニーも「おや、はんこうきではなかったのですね」と驚いている。

会社帰りであろう父親は当然ネクタイ付きのスーツだが、翔のほうはパーカーにゆとりのあるシルエットのパンツにスニーカーという組み合わせだ。確かに、ドレスコードのある店には不相応な服装である。

「オーセンティックバーだとドレスコードがあるところもあるので、気を付けたほうがいいとは思います。それでもジャケットと長いズボンであれば断られることはないので結構気楽で大丈夫ですよ」

「へー、そうなんだ」

今度は父親のほうが声を上げる。それを翔がじろりと睨んだ。

「大学の帰りに『いいとこ連れてってやる』とかいうから付き合ってやったら、ひとりじゃ入れないみたいなバーでマジで無理」

「まあそうおっしゃらず。……お気に入りのお店に、お酒が飲めるようになった息子さんをサプライズで連れてきたかったんですよ」

荒川の言葉に、高田はうんうんと頷いている。息子のほうは白けた顔になり、「でも大人ばっかりでしょ」と荒川に問うた。

「いえ、二十代のお客様も結構いらっしゃいますよ」

「マジすか？　……でも、メニュー見てもわかんないし、しかもバーって本当はメニューないのが当たり前なんですよね。客が知ってる前提ってのが敷居高いっつうか」

「今はそういうお店も減りましたね。でもメニューがないというのは翻って、『なんでも作ります』ということでもあるんですよ。メニューにないオリジナルとか、既存のメニューのカスタマイズとか」

「あーなるほどー!」

憂いがなくなって安心したのか、翔は色々と質問を投げかけてくる。それに荒川は丁寧に答えていた。

そしてドラクルも初めて聞く話も多かったのでなるほどと思いながら、グラスを拭《ふ》く。仮に同じ質問をされても、ドラクルでは答えられないことばかりだった。

――私も、多少学んだつもりだったが……。

カフェ・ガレットにもバータイムがあり、そこで多少酒やカクテルの知識などは入っていたつもりだったが、扱う酒の種類や量も含めて、だいぶ足りないようだった。

荒川と息子の話が盛り上がる中、高田はグラスを傾けながら、ちらりとドラクルを見る。そしてびっくりした顔になった。

「し、新人さん?　初めて見るね」

丁度話が途切れたタイミングだったので、荒川が無表情にほんの少し笑みを乗せて頷く。

「ええ。お陰様で、たくさんのお客様にご愛顧いただいておりますので、オーナーが新しく雇ったんです。本日から正式に入りました、ドラクルと言います」

紹介されたドラクルは一度手を止めて、軽く会釈する。高田は「へえー」と目を丸くし、緊張のせいかあまりあちこちに目をやっていなかった翔がやっとこちらの顔をまともに見て、ぎょっとした。

「えっ、今初めて気づいた。モデルみたいっすね、店員さん」

「ほんと、CGみたいな綺麗《きれい》な顔してるなぁ。日本語大丈夫なの？」

「ええ、日本人だそうですよ」

荒川はドラクルの事情をある程度知っているが、余計なことは言わずそれだけを口にする。

「日本人！　その顔で⁉」

「はあー、すごいね。よろしくね、新人さん」

よろしくお願いいたします、と頭を下げれば、親子は揃って「ほんとだ、日本語ペラペラ！」と笑った。悪気も屈託もなさそうなのでドラクルは気にしなかったが、バーニーは飽きもせず「ぶれいなものどもめ！　そこになおりなさい！」と怒っている。

そんな会話をしているうちに、また次の客がやってくる。いらっしゃいませ、という言葉とともに、荒川から次の指示がすぐに飛んだ。

――やはり動きやすいな。

店の動線自体がよく考えて作られている、というのもあるが、荒川の指示は動きやすい。

結局、ドラクルの勤務初日は最初の高田親子を含めて十組ほどの客があった。

カフェ・ガレットやあちらの店長の小杉が悪いというわけではなく、客数が少なめでほぼ飲み物の注文ということを除いても、ドラクルは初日からかなりスムーズに仕事をすることができていた。忙しいが、焦ることはない、という感じである。

――店内が静かで落ち着いているのも、とても好ましい。

酒を提供する店なので、多少うるさくなることはあっても、カフェ・ガレットのランチタイムやバータイムに比べれば格段の静けさだ。

そして、こちらの世界に順応してから自分が吸血鬼だと感じる場面はあまりなくなっていたのだが、バーの照明や調度品の雰囲気、室内の静けさは、どこかかつての自室の雰囲気に似ていて、懐かしさを覚えて落ち着くものでもあった。

最初はカフェ・ガレットと短時間で掛け持ちしていたのだが、思った以上にこの店の仕事が己にあっているように感じる。

勤務時間が遅いので、どうしても裕貴とはすれ違いになりがちだけれど、それでも、己にとって充実した仕事となるだろうという予感があった。

「――初勤務、お疲れ様です。どうでした」

客が引けて、閉店作業に入るなり荒川からそんな問いを投げかけられた。掃除をしながら、ドラクルは顔を上げる。

「やりがいを感じた……と、思う。まだ初日で明言はできないが」

今日のドラクルの作業内容は、掃除や皿洗い、つまみやチェイサー、ウイスキーやブランデーなど、カクテルの技法を使わないものの提供に限られていた。それでも、学ぶことは多く、充実した一日だったように感じる。

「それもそうですね。でも、やりがいがあると思えたのなら、俺も嬉しいです」

グラスを光るほどに磨きながら、荒川が口元だけで笑う。目が笑っていない、というわけでもなく、そのぎこちない表情の動きもドラクルには好ましく映った。

元々、カフェ・ガレットのほうでも酒の扱いには慣れていたし、それを楽しいと思えるようになっていた。もしかしたらそれもあって、千尋はこの店を異動先としてくれたのかもしれない。

――自らが労働することなど、昔は考えたこともなかった。それを、楽しいと思うことさえも。

元の世界のようには生きていけないのだから、順応するしかない。けれど、裕貴のいる世界で新しい一歩を踏み出せたことが、確信できた気がした。

「うちは割と客層がいいほうとは自負しているんですけど、今日は災難でしたね。やはりCGみたいに整った方だとちょっとだけ絡まれがちなんでしょうね」

「ああ、それは別に……」

数時間ほど前、したたかに酔っぱらった男女の客に、どこの国の出身なのか、彼女はいるのか、経験人数はどれくらいか、などと絡まれた。

けれどすぐに、荒川が「ほかのお客様もいらっしゃいますから」とやんわりと、だがはっきりと間に入ってくれたのである。荒川の言い方がよかったのだろうか、男女は素直に謝罪をして引いてくれた。

「カフェ・ガレットのほうでも、あれくらいなら割とあった」

「あー、そうか。あっちは若い子も多いですし……大変でしたね」

絡まれ方に差はあれど、訊かれていることには大差がない。この程度なら想定の範囲内であった。

最近は多少落ち着いたのだが、ドラクルが客に絡まれるたびにバーニーは周囲には届かない声で「ぶれいものー！　このおかたをどなたとこころえるー！」などと叫んでいる。

今日も「なんとぶれいなものどもめ！」と四六時中腹を立てていた。初日だからということで今日はドラクルのほうへくっついてきたのだが、とてもやかましかったのだ。こんなことならば裕貴のもとへ行かせればよかったと少し思った。

「こっちの店は社会的地位のある人も来るし、だけどそういう人は絡み方も厄介だったりしますけど……ドラクルさんは大丈夫そうですか」

「恐らくは」

しれっと答えたドラクルに、荒川は「頼もしい」と返す。その顔に表情はないが、声音は楽しそうだ。

覚えることもまだまだ出てくるだろう。今まで以上に、理不尽な絡まれ方をされたりすることもあるかもしれない。けれど、そんなことで落ち込むような性格でもないし、裕貴とともに歩み続けられるため、添い遂げられるためだと思えば、まったく苦とは思わなかった。

「……ところで、本当にこの話し方のままでも構わないのだろうか」

色々と思案する事柄はあったが、今日一日フルで働いてみて、一番気になったのは己の話し方であった。

荒川は微かに目を瞠る。

「え？　いいんじゃないんですか。俺は気にしないし、ドラクルさん、見た目があからさまに東洋系じゃない人だから、ですますじゃなくても違和感がさほどないですよ」

表情も変えずさらっと言う荒川は、却《かえ》って本音が読みにくい。

「だが、店長である貴殿が丁寧にしゃべっているというのに、私がこの話し方は」

生まれた頃から人に頭を下げる立場にいなかったこともあり、ドラクルは「敬語で話す」ということができない。「いらっしゃいませ」「お待たせいたしました」「おさげいたします」「ありがとうございました、またお越しください」などの言葉は、ドラクルの人生において一度も発しない単語だったため、もはやそういう一単語や口上だと思って使えるのだが、「話し言葉を丁寧にする」というのが思った以上に難しかった。

今日もついいつもの調子でしゃべってしまい、荒川に謝罪をしたら「気にすることはないので、いつも通りに話していいですよ」と言われてしまったのだ。

――まだこちらの世界に来たばかりのときは、「記憶喪失の外国人」ということで目溢《めこぼ》しをもらっていたが。

だが、自分はもう「日本人」なのだ。

カフェ・ガレットの場合は店長も、オーナーの千尋も、仲間内では丁寧語を使わない。だからそれほど違和感がなかったので、積極的に直そうともしなかった。それに、当初ぎこちないながら丁寧語を使うたびに眷属のバーニーが「ドラクルさまが、しょみんにへりくだるなど！　おいたわしや……！」などと怒ったり泣いたりしていた。

ここでは店長である荒川が丁寧語に徹し、新人で平社員のドラクルが丁寧語を使わない、という捻《ね》じれが起きてしまっている。本人から許可は得たとはいえ、流石のドラクルもこれはまずいのではと思った次第だ。

だが、荒川は「いやいや」と手を振った。

「俺もこの話し方が癖というだけなので、気にしなくていいですよ。俺だって『ため口を利け』と言われても、一瞬考えちゃうし、困ります」

「だが……」

「大丈夫です。ドラクルさんのそれはそれで、味があっていいですよ。それに、お客様にはある程度丁寧語ですしね、俺がいいって言ってるんだから特に問題はないですよ」

きっぱりと言い切られ、それを言い訳にするようで申し訳ないのだが、甘えさせてもらうことにする。

小さく息を吐き、ドラクルは軽く頭を下げた。

「申し訳ない。感謝申し上げる」

「構いませんよ。こちらこそ、ドラクルさんに来ていただいて助かりました」

握手のために差し出された手を取る。握ったその手は、裕貴と同じくらい細い。

ドラクルが手を握ると、老若男女問わず人は赤面する。けれど、荒川はまったく動じた様子もなく、ただ口元だけで微笑んだ。

「これからよろしくお願いいたします」

「こちらこそ、よろしくお願い申し上げる」

手を握り返して言えば、ふ、と荒川が笑う気配がした。


自宅に帰ると、初出勤で心配してくれていたらしい裕貴が駆け寄ってきた。もう眠っている頃合いかと思っていたので、とても嬉しい。

「おかえりなさい、どうでした⁉」

「ただいま。恙《つつが》なく。……初日の印象だが、とてもよさそうな職場だった」

ドラクルの返しに、裕貴がほっと胸を撫でおろす。すかさず姿を現したバーニーが「しょにちとはおもえぬ、すばらしきおしごとをまっとうなされました！　さすがドラクルさまです！」とふかふかで丸い胸を張った。裕貴が小さく笑い、その胸を指で擽《くすぐ》った。

「よかったです……わっ！」

靴を脱ぐより先に彼を抱きしめ、頰に軽くキスをする。相変わらず頰を染めて照れる裕貴が愛おしい。

「お風呂の準備できているので、入ってください。ご飯はどうしますか？」

「あちらは希望すればまかないを出してくれるらしい。軽く済ませてきた」

食事も仕事も充実し、満ち足りた気分でドラクルがバスルームから出ると、裕貴があたたかい紅茶を用意してくれていた。

それから、リビングでソファにふたり並んで座り、問われるままに今日一日の仕事の話をぽつぽつとした。

「随分働きやすくて驚いた。店長の目配りができているから、指示が上手い」

「へー……でも確かにそんな感じでした。荒川さんの言う通りに足を向けたらそこにやることがあるっていうか」

何度か手伝いに行っているという裕貴に賛同されて、ドラクルはまさにそういうことだと深く頷く。

「そう、そうなんだ。それから知識も豊富で、客本人のこともよく覚えている。それに、私では絶対に気づけないようなこともよく気づくのだ」

察しのよさというのは生まれ持ったものや環境も多分に関わるのだろうが、己にはなかなか難易度が高いことかもしれない。

今日の初めにやってきた客のエピソードを話すと、裕貴はなるほどと頷いた。

「きょうもドラクルさまは、いくどもぶれいなものどもにからまれまして」

「えっ、そうなんですか!」

「店長がすぐさま仲裁にはいったがな」

「そうなのですよ。ずいぶん『すまーと』にいなしておりましたね、あらかわは」

絡まれ慣れているドラクルだが、普段厄介な客に絡まれた際は、いなすというよりも無視をする。それでもなんとかなっていたが、無視よりも荒川のようにスマートに解決したほうがよいだろう。

そんな話もすると、裕貴は「へー」とどことなく気のない返事をした。

「それと、閉店後に『居残り練習』なるものをしたのだが、それも面白かった。仕事なのに面白かったなどというのは憚られるが」

「練習って、バーテンダーのですか?」

「わたくしめからは、ドラクルさまもじゅうぶん、おできになっているようにみえたのですがねえ……」

バーニーが悔しげに言うと、裕貴も「俺もそう思いますけど」と言う。

「ドラクル様、カフェ・ガレットでもお酒扱ってましたよね？」

「そうだが、割と見様見真似でやっているだろう、皆。改めて教えてもらうと全然違うものだと実感した」

カクテルには「三大技法」と呼ばれるものがある。

シェイカーに氷と材料を入れて振る「シェイク」、材料を氷の入ったミキシンググラスに注ぎバースプーンで混ぜる「ステア」、材料をミキシンググラスではなく提供用のグラスに直接注ぎバースプーンで混ぜる「ビルド」の三つだ。

「カフェ・ガレットでも同じことをしていたし、本を読んだりしてやっていたが、まったく別物だった。自分の作ったものと、店長の作ったものを飲み比べたら、歴然だったんだ」

「そうなんですか……」

特に、ステア及びビルドの差はすごかった。そもそも、バースプーンの扱いからして違っていたし、カクテルを口に含んだ際の味わいがまるで異なるのだ。

完成したものについても、同じ分量を使っているはずなのにドラクルのほうが明らかに「薄い」味がする。氷が溶けすぎていたのだ。

それから、水と氷だけで練習してみたものの、ぎこちなささはあまり抜けなかった。

「私の腕では、あの店では到底提供できないと確信した」

練習あるのみということなので、閉店後だけでなく自宅でもしようと思っているのだ。

「なんだか、ドラクル様がそんなに人を褒めるの珍しいですよね」

ちょっと拗《す》ねたような口調になる裕貴が可愛らしく、ドラクルはくすっと笑って彼の頬に口付けた。

「……もし、腕が認められたら、裕貴にも味わってもらいたい」

「もちろんです！　絶対ですよ！」

ほとんど言い終わらないうちに承諾してくれた恋人に、ドラクルは頬を緩める。

「でも、居残り練習ってことは、もしかして晩御飯ちゃんと食べてないんですか？」

「いや、食べた。なんでもいいと言うので、赤ワインをと言ってみたら快く許可をくれてな」

ブラックアイでは、荒川曰く「残り物整理」として、肴用の材料を使用してまかないを作ってもいいとのことである。

赤ワインとチーズ、チョコレートでもいいかと訊ねたら、一瞬の間のあと「いいですよ」と荒川は許可をくれた。ドラクルとしてはそれで十分だったが、その食事が夕飯だと知った荒川が見かねてスープやブルスケッタ用のライ麦パンなどをつけてくれて、思った以上に充実した夕食となったのだ。

そんな今日のまかないの内容をなんとなしに伝えると、裕貴は「えっ！」と目を剝《む》いた。

「まかないって、赤ワインとチーズとチョコレートだったんですか⁉　……荒川さん、なにか言いませんでした？」

「ああ。私はそれだけで充分だったが、スープとパンも付けてくれたぞ」

赤ワインも色々種類がある中から、「チーズとチョコレートなら」と言って荒川がスペインという国で作っているというものを選んでくれた。甘い香りとまろやかな渋み、チョコレートのような苦味のあるそれは、なるほど、チーズにもチョコレートにも合うワインであった。

——正直、こちらの世界のワインは種類が豊富すぎると思っていたのだが、勉強するのもよいかもしれないな。

国の名前を覚えるところから始めなければならないが、それも楽しそうだ。

「カフェ・ガレットの食事もよいが、慣れた食事もいいな。……どうした、裕貴？」

裕貴は口元を手で押さえながら、「ど、ドラクル様じゃないですか……公式じゃないですかあ……！」と謎《なぞ》の言葉を口にして震えていた。バーニーが「ドラクルさまですとも！」と胸を張っていたが、あまり会話は成立していない気がする。

——ああ、「ゲームのドラクル」か。

当然ながら、「ゲームのドラクル」は過去のドラクルなので、好物や食事の内容が同じなのは当然だ。だが、裕貴がときめいているのは目の前のドラクルというよりは、ゲームのほうな気がして少々面白くない。

だが、自分自身に嫉妬しているというのも馬鹿馬鹿しく、伝えようもないため、別の言葉に変えた。

「本当は従業員が酒を飲むことは許されないかもしれないと思い聞いてみたのだが……荒川は柔軟で気の利くいい人間だ」

荒川だけでなく、こちらの世界に来てから関わった人間は、皆親切だ。争う必要のない世界に戸惑うことは未だあるけれど、自分は恵まれていると痛感する。

「確かに、荒川さんはいい人ですよね」

ぽつりとそんな科白を零した裕貴を、ドラクルは内心意外に思った。

──珍しいな、裕貴が他者を許するなんて。

先程、ドラクルに対し「珍しい」などと言っていたが、裕貴のほうこそ珍しい。ふたりに面識があるとはいえ、裕貴が他者についてよかれ悪しかれ言及すること自体があまりなかった。

裕貴は就職してからの人間関係のトラブルのせいで、ドラクルと出会うまで千尋以外とは最低限の接点だけを持つようにしており、同僚との関係が希薄だったと聞いている。比較的接点のあった店長の小杉でさえも、「裕貴くんは明るいしちゃんとコミュニケーションが取れるのに、踏み込ませないところあるから」などと言っていたほどだ。他者との関わりがないから、他者からの印象も薄い、という感じである。

だから、裕貴の口から「荒川さんはいい人」という言葉が出るとは思わなかったのだ。しかも、時折店に応援しにくる、面識がある程度の関係性で。

——……別に、だからどうということではないが。

裕貴がドラクルを蔑《ないがし》ろにしたわけでも、まして心を移したわけでもない。

裕貴と荒川の間になにがあるというわけではないだろうに——それは十分わかっているはずなのに、胸の奥がひどくざわついていた。


裕貴《ゆうき》とは職場が分かれてしまったことで多少の寂しさや心もとなさはあったものの、職務については順調といってよかった。

仕事面でも客を含めた人間関係でも特に滞りも問題もなく、日々が過ぎていく。

「いらっしゃいませ。——お、裕貴くん」

「こんばんは、荒川《あらかわ》さん」

午前零時すぎ、店に顔を出したのは裕貴だった。フロアにいたドラクルが裕貴に歩み寄ると、彼は嬉《うれ》しそうに笑ってくれる。

「裕貴、よく来た……いらっしゃいませ」

ついいつものように話しかけてしまい、慌てて言い直す。裕貴は小さく笑った。

にこりと笑いかけると、裕貴の目元が微《かす》かに染まる。もう恋人になってしばらく経つというのに、まだこうして見惚《みと》れてくれるのだ。

己の容姿の美醜を特段気にしたことはなかったが、裕貴に気に入られるものでよかったと日々思う。

「また来ちゃいました。今日も一緒に帰っていいですか」

「……ああ、もちろんだ」

小さな声でそんなことを言う裕貴を抱きしめたくなりながらも、鷹揚《おうよう》に頷《うなず》いてみせる。今が勤務中でなければ、と思うが致し方ない。

「だが、もし始発までの営業になりそうだったら帰るんだぞ」

「いえ。待ってます。……好きで待ってますから」

いいから帰るんだ、と言うべきなのはわかっているのに、なんと可愛《かわい》いことを言うのだ、と表情が緩みそうになる。

裕貴は、ドラクルがバー・ブラックアイで勤務するようになってから、店に頻繁に顔を出していた。恐らく新しい環境に置かれたドラクルを心配してくれているのだろうが、彼はそんなことは一言も言わずに、ただ「少しでも一緒の時間を増やしたいから」などといじらしいこと

を言う。

営業時間の都合上、いつも裕貴ばかりを待たせてしまうことに申し訳なさも感じるが、職場が離れてもなお顔を見られる時間が増えるのは嬉しかった。本人は、夜シフトを増やしたから全然苦ではない、というのだが。

――だが、裕貴が少しでも負担に思うようになったら、私のほうからきちんと言わねばな。

一応、眷属《けんぞく》であるバーニーを裕貴の傍《そば》につけ、彼の疲労チェックは欠かさない。今の所は本当に大丈夫そうだが。

「今日はどうする?」

「ええと、じゃあ、昨日練習したやつで」

裕貴のオーダーに、ドラクルは苦笑する。

「……テキーラバックだな。かしこまりました」

店長、とドラクルはフードの準備をしていた荒川を呼ぶ。

「――カウンターにテキーラバック。……よいだろうか?」

「もちろん」

ドラクルは、まだ客に作るカクテルを提供できない。だが、ドラクルの元同僚であり同じ系列店に勤務していて事情も把握している裕貴にならば、と頼んだら快諾してくれた。

荒川はコリンズグラスを出しながら、一番奥のカウンター席に座った裕貴に「こんばんは」

と声をかける。

「こんばんは、荒川さん。……いつも長居してすみません」

「いやいや。お金を落としてくれる人に文句なんて言いません。しかも新人の練習台になってくれてるんだもの、ありがたいことこの上ないですよ。ごゆっくりどうぞ」

そして荒川は裕貴に顔を近づけて、なにやら耳打ちをする。裕貴の顔が少し赤くなった。

——一体なんの話を……。

いくら恋人とはいえ、内緒話に聞き耳を立ててはならない。そうは思いながらも、気になって仕方がないというのが本音だ。そして、聞き耳を立てていたバーニーが「『かうんたーにたつドラクルさん、かっこいいですよね』といってましたよ！」と教えてくれてしまった。

盗み聞きしたような気分の反面、内心ほっとしつつ裕貴のためのカクテルを作る。

ステアやビルドの際、バースプーンはスプーンの背が上を向くようにして螺旋《らせんじょう》状の部分を中指と薬指で挟み、その上を親指と人差し指で軽く持つ。スプーンの背をグラスにあてながら、親指と人指し指ではさんだ所を支点として、手首ではなく中指と薬指を前後に動かしてグラスの中で回転させるのだ。

——うーむ……やはりまだまだだな。

閉店後に荒川にチェックされながら、そして自宅でも練習してはいるが、まだ動きのぎこちなさはとれない。

荒川がいとも簡単にやるようにドラクルも頑張ってはいるのだが、スプーンがグラスに当たってカチカチと音が鳴ってしまう。

――己は器用なほうだと思っていたが、考えを改める必要がありそうだ……。

まだまだ修業が足りない自覚を新たにしつつ、裕貴にカクテルを提供する。

「ありがとうございます」

「すまない、いつも練習に付き合ってもらっていて」

ドラクルが言うと、裕貴はとんでもないと頭を振る。

「『推しの初めて』なんてありがたすぎて、追加でお支払いしたいくらいです」

「なにを言っているんだ、裕貴」

おどける裕貴につい笑ってしまう。ドラクルの自信のなさをフォローしてくれた裕貴は、笑顔でグラスを手に取った。

「いただきます……美味《おい》しい！」

昨晩と同じように褒めてくれる裕貴がいじらしい。早くその言葉を本当にするためにも、日々努力せねばと心に誓う。

そのとき丁度、荒川がカウンターに座っている別の客へ提供するカクテルのシェイクを終えたところだった。ドラクルは荒川が使い終えたばかりのシェイカーを下げ、同じタイミングで冷蔵庫からレモンとマラスキーノチェリーを取り出してカクテルピックに刺す。それを、グラスに炭酸水を注ぎ終えた荒川が取ってコリンズグラスに飾り、テーブルへ置いた。

その瞬間、客と裕貴が「おおー」と感心したような声を上げる。ドラクルも荒川も、きょとんとしてしまった。

「すごい、息ぴったりだね！　ドラクルさんってまだ入ったばっかりなんでしょ？」

「息ぴったりというか……男ふたりだと意外とカウンターが狭いんですよ。ね？」

荒川に同意を求められ、こくりと頷く。無論それほど狭いわけでもないが、ふたりで行き交うよりも、それぞれの立ち位置で動くほうがもたつかなくて済む、というのと、進行状況を見て先に行動している、というだけである。

それを荒川とドラクルが言うと、客だけでなく裕貴まで「いやいや」と首を振った。

「言うは易《やす》しですよ。まだ新人さんなのに普通そんな阿吽《あうん》の呼吸になりませんって」

「しかも、ふたりとも男前だし、バタバタ動かないからほんと絵になる。いいもん見たなー」

いやいや、と軽く受け流し、荒川は什器《じゅうき》を洗い始める。ドラクルもふたりにチェイサーの水を出し、作業台の水気を拭いた。

什器を洗いながら、荒川は不意に「ふたりは仲がいいですよね」とドラクルに話を振ってきた。

「いつからの知り合いなんです？」

荒川は、ドラクルの事情をある程度は知っている。主に、記憶喪失の外国人が戸籍を取得し、

「足立」という裕貴の苗字をもらったことなどだ。ふたりがルームシェアをしているということも、ドラクルがあらかじめ話してあるので知っている。

「えーと、去年の十月からなので……」

「えっ！　まだ一年経ってないんですか」

確かに、まだドラクルがこちらの世界にやってきてから、一年も経過していない。あっという間だったようにも、長かったようにも感じる。

「はー……『あの』裕貴くんが……」

やけに含みのある言い方をする荒川に、ドラクルはつい「『あの』とは？」と訊《き》いてしまった。

荒川は恐らくうっすら笑っただけだったのだが、ドラクルには何故かその表情が含みを持ち、勝ち誇っているように見えてしまった。

「荒川さん、なに言う気ですか」

裕貴が慌てて話に入ってきたので、余計そう思うのかもしれない。

「いや、一見人当たりがいい割に他人と明確に線を引いていて飲み会もめったに参加しなかった裕貴くんが、まさか第三者とルームシェアなんて……ドラクルさんだからこそってことですかね」

「知ったように言わないでください。荒川さん、言うほど俺のこと知らないでしょ」

「そんな他人行儀な。俺とはフレンド登録してる仲じゃない」

「だからたったそれだけの仲でしょ」

「フレンド登録？」

言い合っていることはよくわからないが、どうやらゲームで繋《つな》がっている、ということのようだ。

「同じ系列店で働いていることと、ゲームで繋がっていること以上の繋がりはない、ということです」

裕貴が嚙《か》み砕いて説明すると、荒川は表情もなく頭を振った。

「ほら、こういうことは言い合えて一瞬気安い空気作ってくれるのに、絶対プライベートには踏み込ませないんですから」

「お言葉ですけど、荒川さんだって同類ですからね」

ふたりの言い合いを眺めながら、入っていけない雰囲気を感じてドラクルは黙って控える。同類、とはどういうことなのだろうか。

彼らの会話の中に目新しい情報などはなかったが、「自分がいなかった頃の裕貴を知っている荒川」に、なんだか胸の奥が不快に蟠《わだかま》った。そして、裕貴が今までの誰とも違う、気安い様子で荒川と話しているのも気になった。

「ドラクルさんは、裕貴くんがゲーム好きなの知ってました？」

「あ、荒川さん……！」

突如水を向けられて、自分以上にその事実を知っている者などいるものかと思いながら、にこりと笑う。

「──ああ、知っている。裕貴は休みの日、一日中ゲームをしているくらいだ」

裕貴は「ルサンチマン・レジスタンス」とは別に新しいアプリゲームを始めたようで、時折バーニーと一緒になにやらやっている。正直なところ、ドラクルはカードゲームやボードゲームなどはともかくアプリゲームという電子機器を使ったものにいまいち馴染《なじ》めていない。

別に対抗するつもりもなかったのに、むきになって返したドラクルとは裏腹に、荒川は特に感慨もなく「なるほどー」と返す。

「ドラクルさんって『ルサンチマン・レジスタンス』ってゲームは知ってます？」

荒川の口から出てくると思わなかった単語に、一瞬驚いたが顔には出さずに頷いた。

「──ああ。……散々、『カフェ・ガレット』の客にも言われたので、そういうゲームがあることだけは知っている」

まさか「その世界から来た実物のドラクルだ」と言うわけにもいかないので、さらりと流す。そんなことを言ったら本気で頭がおかしいと思われるだろう、という判断がつく程度には、こちらの常識は身についていた。

「あーやっぱり知ってましたか。それは言われますよね。寄せてもないのにこんなに似てるんだから。しかも名前まで同じなんて」

　はらはらしながらこちらを見守っている裕貴に気づきつつ、以前、裕貴が見せてくれた「立ち絵」と似た、片手を腰に当てるポーズをとってみせる。驚いた顔をする裕貴と、微かに目を瞠《みは》った荒川に、ドラクルはにやりと笑った。

「そんなに似ているだろうか？」

　荒川は一瞬の間のあと彼らしからぬ潰《つぶ》れたような声で「にっ」と妙な言葉を発してから咳払《せきばら》いをした。

「……似てますね」

「実際、カフェ・ガレットで働き始めたばかりの頃は、面と向かって言ってくる客もよくいたしな。私は私だというのに」

　ドラクルは実際見たことはないが、ネットなどにも散々そんなことが書かれているらしい。その際に「野生のドラクル様」などと言う者もいて、耳聡《みみざと》いバーニーが「やせいとはなんですか！　しっけいな！」と憤慨していたものだ。確かに城どころか住処《すみか》ごとなくした自分は「野生」には違いないのだろうが、だからこそその言葉はますますバーニーを怒らせ、悲しませていたのだろうとも思う。

「だから、テレビだかネット配信だかの取材依頼も来たんでしょう？」

「……そうなのか？　それは知らないが」

荒川の言葉に、ドラクルは目を丸くする。そんな話は聞いたことがなかった。

裕貴に視線を向けると、なんとも言い難い顔で笑っている。どうやら事実らしい。

「記憶喪失だったって話ですし、オーナーがその辺は配慮してくれたんでしょうね。そんなことで来店されても困りますしね」

「客足が伸びる分には構わないとは思うが」

実際に来られていたらどうなったのかは想像もできないが、宣伝になるのであればいいのではないかと思って言うと、荒川はゆるく頭を振った。

「それじゃ、ドラクルさんにも失礼ですよ。いくらゲームのファンだからって、実際のドラクルさんとゲームキャラを重ねて見ているなんて」

荒川の科白《せりふ》に恐らく他意はなかったのだろうが、ドラクルには重く響いた。

――裕貴は、違う。

確かに、ゲームの中にいる「ドラクル様」のファンだった。そして自分は、そのドラクルと同一人物であることには間違いがない。

だが、当然ながら自分はゲームの中で生きていた覚えはない。己の記憶は、すべて実際の出来事だ。そして、こちらの世界に来てからの人生は、ゲームでは既に終わってしまっている「ドラクル様」のものとは完全に切り離されたものである。

――だが。

荒川に指摘されたことで、自分が「裕貴が本当に好きなのはどちらの『ドラクル』なのか」ということを多少なりとも気にしていたのだと、明確に自覚してしまった。

どちらも自分だ。そのはずだ。

足元が急にぐらつくような錯覚に、唇を引き結ぶ。

「――それに、カフェ・ガレットにあれ以上お客様が増えたら今の人員じゃ回らなくなっちゃいますよ」

そう言って裕貴が笑うと、荒川も「それもそうですね」と頷いた。

「カフェ・ガレットはともかく、もしこのお店に取材なんて来ちゃったらそれこそ回らなくなるのは必至でしょうねえ」

「別に、この店に取材が来ることはあっても、ゲームのキャラクター云々《うんぬん》で来ることはないだろう」

ドラクルが働き始めてからは「日々それなりに忙しい」くらいだが、これをひとりで回していたのかと思うと本当に感心する。更に人が増えたら、いかに回転率の高いバーとはいえ、とんでもなく忙しくなりそうだ。

だが、荒川が「いや実は」と声を潜める。

「実はドラクルさんが来てから益々お客さんが増えてるんですよね」

「そうなのか？」

「やっぱり!」

思いもよらなかった荒川の言葉に驚くドラクルをよそに、裕貴は何故か嬉しそうな声を上げた。

裕貴は少々身を乗り出しながら、「そうですよね!」と目を輝かせる。

「俺、ここには何回か応援来てますけど、前より、明らかにお客さんが増えてますもん。特に女性」

今はいないが、先程までは女性客が複数グループやってきていた。荒川曰《いわ》く、新規客とのことだったが。

「そうなのか……?」

忙しいと感じることはあっても、カフェ・ガレットのランチタイムやディナータイムには及ばないので、こんなものかと思っていた。提供スピードも回転率も、バーのほうが圧倒的に早い。

「それは来ますよね、こんなゲームキャラみたいな美形店員さんがいたら」

「もはや新規スチルですよ、新規スチル。新規スチルの概念ですよ」

裕貴の科白に、荒川が珍しく吹き出す。だが、ドラクルには単語も笑いどころもわからず、怪訝《けげん》に思いながらもグラスを磨くことに徹した。

「新規スチル……!　SSRですかね。バーテンダーとかどう見てもイベント限定ガチャじゃないですかヤダー絶対欲しい」

「振り込めない詐欺……いつ引けるんですすそのガチャ。課金勢が本気出しますよ」

「流石《さすが》、ボーナス全弾課金にぶち込んだ男だ。面構えが違う。まあそこはうちの店に金を落としていただければ……」

「急に現実に戻るじゃないですか……」

　ふたりが楽しそうに談笑しているが、ドラクルにはなにを言っているのかが本気でわからない。

——裕貴が他者とこんなにも楽しそうにしているのは、珍しいな。

　恐らくゲームの話で、バーニーならばわかるのかもしれない。だがドラクルは、説明されてもわからないだろう。もう少し真面目《まじめ》にゲームを嗜《たしな》んでいればよかった、と無表情のまま内心で歯嚙みした。

——私の知らない裕貴の顔を見ているようで、正直なところ、面白くはないな。

　ドラクルはふたりの会話に混ざるのを諦《あきら》め、カウンターの客のグラスが半分以下に減っていたので、男性のほうへと顔を向ける。

「もしよろしければ、フードメニューもございますのでお気軽に。次、なにか飲まれますか」

　ドラクルが促すと、男性客は「二杯目はまたあとで、とりあえずフードメニューを」と言った。小さな黒板に書かれたメニューを手渡す。

「――まあ、冗談はさておき、カフェ・ガレットの常連さんもこっちに顔を出してますからね。ねえ、ドラクルさん」

「ああ、そうだな。結構来てくれている」

確かに、あちらで見かけた客が、こちらの店にも度々顔を見せるようになった。ドラクルに声をかけてくる者もいるし、声こそかけないものの、頻繁に酒を飲んでいく者など様々だ。

「ドラクルさん目当てでこっちの店に来るようになった、ってはっきり言うお客さんもいますよ」

「そうそう、そうですよね。カフェのほうでも『ドラクルさんもういないの?』って訊いてくるお客さんいますもん! 一応、こっちの店を教えたりするけど未成年じゃこのお店は入れないからすごくガッカリされたりとか」

「あー、うちは紛《まご》うことなきバーだから。未成年には我慢させちゃいますねえ」

「ねー!」

何故か盛り上がるふたりに、再び置いてけぼりにされつつドラクルは曖昧《あいまい》に首を傾《かし》げた。

人手不足という理由で増員したのに、客が増えるのは本末転倒なのでは、と思う。

そんなさなか、先程のカウンター席の客が手を挙げたので、ドラクルはそちらへと顔を向けた。

「お決まりですか」

実は彼もまた、カフェ・ガレットで度々バータイムに訪れていた客である。どちらの店でも、ドラクルに話しかけてきたことはない。静かに数杯飲んで帰っていくのが常だったが、このところはこちらのバーに顔を出していた。

「次はギムレットを」

空になったカクテルグラスを差し出しながらのオーダーに、かしこまりましたと頷く。

「――俺も実は、ドラクルさん目当てだよ」

空のグラスを手に取ったのとほぼ同時にそんなことを言われ、目を瞬《またた》く。男性客は「ごめん、聞こえてたもので」と荒川と裕貴に視線を向けた。

荒川はそうなんですか、と言ったが裕貴は気づいていたのだろう、曖昧に笑っている。

「ドラクルさんのサービス……立ち居振る舞いとか、提供してくれる酒とかが好きだったんだ。カフェ・ガレットで見られなくなるのは残念だったけど、こちらの店に来ればいるって教えてもらえて」

「……ありがとう」

ドラクルが礼を言えば、彼は照れたように頭をかく。自然に、ドラクルからも微笑が零れた。何気ない言葉だったのかもしれない。けれど、「ゲームのドラクル」と比較されて揺らいだ心が少しだけ持ち直せた気がする。

「覚えている。よく、バータイムに来てくれていた。一杯目に必ずトムコリンズを注文してくれていた」

ドラクルが言うと、男性客はますます照れたようだった。

「ほら早速いた……あの人うちの常連さんですもん……最近顔見ないなと思ったらこっちにいたんだー……」

ほんの少し不満げに唇を尖《とが》らせる裕貴に、ドラクルは苦笑した。双方とも当然顔見知りなので、裕貴の聞こえよがしな冗談に男性客は笑っている。

「ごめんごめん、カフェ・ガレットのほうも今度行きますって」

「絶対ですからね！　中野《なかの》さん」

名前まで把握しているようだ。気安いふたりの遣り取りを聞きながらカウンターの中へ入ると、荒川が空のグラスを受け取る。

「じゃあ、新しいオーダーはドラクルさんにやってもらおうかな」

「いや、私はまだ練習中だから……」

「随分上達したと思いますよ、ほぼ及第点です。それに、前を知っている方に飲んでもらえば、より上達ぶりがわかるというものです。……お客様、いかがですか」

「ドラクルさんが作ってくれるの？　ぜひ」

研修期間を店長権限で早めに終わらせられて、ドラクルは戸惑う。中野と、何故か裕貴も期待のまなざしをこちらに向けていた。

三人から見つめられ、ドラクルは息を吐く。諦めて新しいグラスと、冷蔵庫から材料を出すとやんややんやと歓声があがった。酒の入っている裕貴と中野はともかく、荒川の平素より高いテンションに戸惑いつつも、シェイカーにドライジンとライムジュースを注ぐ。

――ギムレットのレシピは、ドライジンと甘味のあるライムジュース。

カクテルというものは、国や地域、バーテンダーによってレシピが少しずつ違うこともある。中野がオーダーしたギムレットは、作り手によってレシピが異なる代表格だ、と以前千尋《ちひろ》から教えてもらった。

生のライムを絞ったものや一〇〇パーセントのライム果汁にガムシロップを足したり、あるいは甘味をまったく足さずにドライカクテルとして提供されたりもするが、客から特別にオーダーされない限り、千尋がオーナーの店は全店共通で甘いライムジュースとドライジンを使用する。

――知れば知るほど奥が深い。……楽しい。

ドラクルは、こちらの世界に来て初めて「カクテル」というものを知った。あちらの世界では、ワインやリキュールを飲むことはあっても、酒に別種の酒やジュース、水を混ぜたりすることはほとんどなかったのである。

――氷や炭酸水などは、あちらでは簡単に用意できる代物ではなかったし。

元々ワインを始めとする酒が好きというのもあるけれど、こちらの世界とあちらの世界では色々なことが違っており、酒の楽しみ方さえも違うというのはとても新鮮な驚きがあり興味が湧いた。酒について勉強をするドラクルを千尋は「勤勉」などと評してくれたが、単にドラクル自身が楽しかっただけである。

こちらの世界に来なければ、絶対に知ることのなかったものだ。知っていたとしても、元の世界にいたら自分で作ることなどなかっただろう。

氷とともにシェイカーで振った材料を、よく冷やしたグラスに最後の一滴まで注ぎ、トレイに乗せた。先程ドラクルがそうしたように、今度は荒川が先回りして色々補助してくれる。

「――お待たせいたしました、ギムレットです」

音を立てずにグラスをそっとテーブルへ置くと、中野が破顔した。

「ありがとう、いただきます」

一口飲んで、中野が微かに目を見開いた。

「……前も美味しいと思ったけど、なんかもっと美味しくなってる気がする」

以前まで作っていたものを知っている中野の言葉に、ドラクルはほっと息を吐き、裕貴は自分のことのように嬉しそうにしていた。そしてバーニーも「そうでしょうとも、ありがたくいただきなさい！」と巣の中で誇らしげに言っている。

「よかった。店長に教えてもらって、練習していたんだ。カフェ・ガレットのほうでは、なんとなく作ってしまっていたのだが」

「いや、あっちはあっちでよかったよ。でも、より洗練されたっていうのかな、美味しくなってる。……それに、やっぱりドラクルさんの立ち居振る舞いは美しいなあって」

自分としてはいつも通りに動いているつもりなので、そう評されて若干戸惑いながらも会釈をする。

中野が「あっ、変な意味ではなくね！」というその一方で何故か、裕貴と荒川が得意げに頷いていた。

「わかります、中野さん……」

「悔しいけど、ドラクルさんが給仕すると店のグレードが上がった気がするんですよね……」

うんうんと頷く荒川に、ドラクルは首を傾げた。

「いや、それは謙遜《けんそん》だろう」

「うん？」

「店長の立ち居振る舞いも、十分優美だ。寡黙で、落ち着いた雰囲気が店にも客層にも表れている」

裕貴や常連客などがいると自然と会話も弾むが、決して居酒屋のような騒がしい雰囲気にはならない。それは、どんな状況でも荒川が落ち着いた話し方をするせいだろう。目配り気配りも利いて、いつも焦った様子もないので、ゆったりとした雰囲気が全体に流れている。

などと、思ったことを口に出したら、三人とも黙り込んでしまった。

「……誠実でピュアなイケメンってなんて暴力的なんだろう……。朝陽を浴びた吸血鬼のように消し炭になってしまいそう……」

縁起でもない荒川の喩《たと》えにどきりとしながらも、溜息《ためいき》を吐《つ》く。

「なにを言っているのか。まったく」

「でも、俺も思った。ふたりとも本当に絵になるよね」

ギムレットをちびちびと飲みながら、中野が頷いた。

「あまり褒められ慣れていないのでどうしようかなと思っていますが、ありがとうございます」

「あーでも、なんていうのかな、見た目の格好良さだけじゃなくて……それだけじゃお客ってつかないじゃないですか。空気感とか立ち居振る舞いとか、もちろん味のほうも。そういうの全部ひっくるめて、素敵な店だなと思います」

中野の言葉に、うんうんと裕貴が頷く。荒川も、今度は謙遜したり照れたりせずに「ありがとうございます」と笑った。

昔も今も、容色が優れていると評されるのには慣れている。こちらに来てからは、じっくりと顔を見られることも度々あった。

そのことについては特になんの感慨も湧かなかったけれど、「ドラクル様そっくりの店員」「美しい店員」ではなく、ドラクルの提供する酒やサービスが好き、と評価されるのは素直に嬉しかった。

――裏切られて、殺されて、心についた傷を、裕貴たちに癒《い》やしてもらっている。

生まれてから、己に自信があるとかないとか考えたことすらなかった。けれど、こちらの世界に来たばかりの自分は、明らかに己は自信を喪失した状態にあったのだろう。

今は徐々に失っていたはずの自信を取り戻している。それはきっと、昔持っていた「自信」とは別のものなのかもしれない。


「どうなさったのです、ドラクルさま」

スタッフルームでバーニーに声をかけられて、ドラクルははっと顔を上げた。

「バーニー。裕貴のほうは」

今日は店長の小杉が休みなので、裕貴は早番で夕方の十七時あがりだ。バーは十八時に開店なので、今日は開店と同時に行けます、と朝に言っていた。

「ゆうきはさきほど、たいきんしたところですよ。もうしおくりをおえしだい、こちらへむかうそうです」

「……そうか」

バーニーは、裕貴とドラクルに交互についている。どれだけ距離が離れていても亜空間になっている「巣」を介してドラクルと裕貴の間を一瞬で行き来できるのだ。

ドラクルが命令したわけではなく、バーニーはそれぞれの出勤と退勤の時間には必ず傍にいるようにしている。昼は裕貴の出勤に付き添ってドラクルの出勤時間まで一緒にいる。ドラクルの出勤時間になったら一時的に裕貴のもとを離れ、ドラクルがフロアに出たら再び裕貴のもとへ戻り、裕貴が退勤したら再びドラクルのもとへ来る、という動きが、バーニーの一日の流れだ。

裕貴にくっついている時間のほうが長いのはバーのフードメニューよりもカフェのフードメニューが好きで、裕貴のまかないや従食の相伴に与《あずか》れるからであるとドラクルは知っている。

「今日は、なにを食わせてもらったんだ？」

バーニーの口元を拭いながら訊いてやる。

「ほんじつは、しんさくの『ちきんとぽてとのじぇのべーぜ』でございました！　はじめてしよくしましたが、ざいりょうそれぞれはたんぱくですのに、こってりとしたあじ、せんれつなかおりのするいっぴんでございまして、きっとドラクルさまもおきにめすとおもいます！」

むん、と胸を張る眷属に、ドラクルは目を細める。

「そうか」

カフェ・ガレットのラップサンドの新作が出ると、裕貴は必ず「試食」として持ち帰る。それはドラクルたちと同居するようになってからも同様だ。

だが、腹を空かせているであろうバーニーのため、仕事終わりに先におすそ分けしてくれているようである。

「それと、ちょっとこげてしまったのでおきゃくさまにはおだしできぬ『ふれんちとーすと』ももらいました！」

「そうか、うまかったか」

「たいへん、びみでございました。ちょっとこげているのもおいしゅうございますねえ」

フレンチトーストの味わいを思い出しているのか、バーニーはうっとりと目を細める。

こちらの常識からすると、バーニーはかなり特殊な存在であり、人によっては恐怖や好奇の対象となるだろう。だが裕貴は、変わらずバーニーを可愛がってくれていた。そのことがとてもありがたく、安堵《あんど》とともに、裕貴とバーニーどちらへも愛しさが募る。

「――ドラクルさん、ちょっといいですか？」

スタッフルームがノックされるのと同時に、バーニーは巣へと瞬時に身を潜めた。振り返るのと同時に、ドアが開く。

「あれ、もしかしたら電話してるところに入っちゃったかと思って焦ったんですけど……大丈夫でした？」

「大丈夫だ」

よかった、と言って、荒川がスタッフルームへと足を踏み入れた。

用件は、在庫管理と月末の貸し切り予約の段取りについての件だ。客足が増えたので、仕入れについては相談しあって決めるようになっている。

入社したばかりで意見を言うのはいいものだろうかと躊躇《ちゅうちょ》しないでもなかったが、オーナーの性格や方針のせいか、立場が下のものにずけずけとものを言われても荒川も小杉《こすぎ》も怒らない。

「……うん、じゃあそんな感じで発注しておきますね。一応在庫はこまめに見ておいてくれると助かります」

「わかった。客層が変わった……というか、増えたのは本当だったのだな」

「だからそう言ってるでしょうが」

ドラクルの言葉に、荒川が苦笑する。過去の発注履歴とこの数ヶ月のものを見比べるとほんの僅《わず》かではあったが減りが速く、あまり注文の入らなかった酒の発注も増えたようだった。

「酒の種類についてはそのときの流行とかもあるから一概には言えないですけど、氷とかの量見るとやっぱり違うもんでしょう？」

「確かにそうだ。……一時的なものにならないよう、アプローチはしていきたいな」

「ドラクルさんにアプローチされたら一発だわぁ。新顔さんもそうでないお客さんも全力で誑《たら》し込みお願いします」

冗談でまぜっかえしながらも、荒川は「よろしく」などと言う。

「じゃあ、そろそろ開店しますか。……今日も裕貴くん来るのかな」

「あちらの仕事が終わり次第来るそうだ」

最後の言葉は質問というよりも独り言のようだったが、ドラクルはその答えを持っていたので口にした。

「あーやっぱり。ほんと、大好きですねえ、裕貴くん。ドラクルさんのこと」

荒川の言葉に恐らく他意はなかった。

けれど、ドラクルは一瞬言葉に窮してしまった。それは、先日からうっすらと感じていた「裕貴は目の前にいるドラクルと、ゲームの『ドラクル様』をどう捉えているのか」という疑問が胸にとどまっていたからである。

ましてて、荒川は同性同士の恋愛という意味で口にしたわけではなかっただろう。だが、ドラクルが一瞬だけでも動揺を滲《にじ》ませてしまったために、変な空気が流れる。

——それに、杞憂《きゆう》だろうとはわかっているのだが。

裕貴は、他者と一線を引いて踏み込まず踏み込ませないようにしているところがある。だが、裕貴は荒川に対し、同僚よりも踏み込んだコミュニケーションをとっているように見えた。荒川も若干の気安さを見せているし、なによりふたりにしかわからない会話をすることがあるのだ。

――裕貴を信じていないわけではない。これは、私の醜く詮《せん》のない嫉妬心《しっとしん》だ。

裕貴は自分に会いに来てくれている、と当初は単純に喜んでいたのだが、近頃はふたりの距離感を見て馬鹿な嫉妬を抱いてしまっている。

「――とりあえず、開店準備しましょうか」

「……ああ」

妙な空気のまま、揃《そろ》って店のほうへと向かう。掃除やグラスの準備を黙々と始め、最初に沈黙を破ったのは荒川のほうだった。

「ドラクルさんって、前にも言ったけど『ドラクル様』にそっくりですよね」

「……そうだな。よく、言われている」

テーブルを拭《ふ》きながら答える。

「裕貴くんの推しキャラ……好きなキャラって、誰か知ってますか?」

「知っている。……店長も知っているのだな?」

「うん、まあそうですね」

その答えのあと、再び会話が途切れる。

「――きっかけなんて、本当はどうでもいいはずなんだ。私が、裕貴を好きなことには変わりない」

思い切って言葉を口にすると、荒川はグラスを拭く手を一瞬止めた。それから、また丁寧に磨き始める。

「裕貴が、ゲームのドラクルと私を重ねて見ていても、私が、裕貴を好きだということは変わらない。……変わらない、はずなのだが」

自分らしくなく、言葉が尻すぼみになる。

なまじ、同一人物なのがややこしいところだ。同じようで違い、違うようで同じだ。

荒川は、再び手を止め、それから小さく息を吐いた。はっと顔を上げ、ドラクルは眉尻《まゆじり》を下げる。

「……すまない。就業中に、こんな話を聞かせて」

勤務中の私語というだけでなく、他人の色恋沙汰《ざた》ほどつまらぬものはないだろう。

なんと自分らしくないのだろうか。昔の自分ならば、惚《ほ》れたはれたに拘《かか》わらず、他人に落ち着かない胸の内を吐露しようなどと考えなかったはずだ。

荒川は「いえいえいえ」と首を横に振った。

「すみません、ドラクルさんの話がどうとかじゃなくて、俺は基本、恋愛の話に疎くてですね。身近な人の話ってなるとなおさら……」

ぼそぼそとそう口にする荒川の顔が、ほんのり赤く染まっている。あまりに意外で、ドラクルは思わず「そうなのか？」と訊《たず》ねてしまった。

「以前、そういう話になったときに余裕な様子で説いていたじゃないか」

バーと言うのは特殊なもので、老いも若きも、かなり深刻な話をバーテンダーに吐露したりする。そして、恋愛の話もかなり多い。

そんな日々の相談を、荒川は普段から冷静に、俯瞰《ふかん》するようにアドバイスしている。そんな姿を見て、恋愛慣れしているのだろうなと感じていたのだ。

けれど荒川は「ヒィ」と彼からは今まで聞いたこともない短い奇声を上げたあと、ふっと笑った。

「単なる耳年増《みみどしま》ってやつですよ。机上の空論、それっぽいことをしゃべっているだけです」

傍らで聴いていてそんな風に感じたことはなかったので、やはり意外だ。

「それが事実だとしたら、そう感じさせない店長はすごいな。しかし申し訳ない、苦手な話をさせてしまったのか」

ドラクルの謝罪に、荒川は一度咳払いをして、「それより」と仕切りなおす。

「恋愛……の話、ってことでいいんですよね。おふたりのことは」

「あ、ああ」

なんとなく彼が知っている前提で話を続けてしまったが、恋愛関係にあるようなことを裕貴に無断で匂わせてしまった。

だが、「ドラクルが裕貴を想っている」という話をしただけで「付き合っている」と明言はしていないのでセーフだろうか。結局は気づかれてしまったのでアウトか。

「ええと、ドラクルさんは、裕貴くんがゲームのドラクル様と自分を重ねて見ているのでは、と不安になっている、ということなんですかね」

「……いや、どうなのだろう。それ自体は構わないと思っている。ただ、私が自信を持つことができていないだけで。――自信を持つには、自分には足りないものが多すぎるのではないかと感じている」

だからこれは、恋愛の悩みというよりは、己の存在意義についての悩みのような気もしてくる。

こちらの世界に来てから、ドラクルは裕貴なしでは生きていけなかっただろう。

「裕貴には、助けてもらってばかりだ。だから、私が裕貴を助け、支えられる人間になりたい。……だが、社員になったばかりで、自立さえできていない」

引っ越しをする金も、引っ越して生活しているだけの経済力もなにもない。

己が、こんなに自信が持てない性格だなんて思ったこともなかった。

「……俺が、『ちゃんと自立できていますよ』と言っても、ドラクルさんの救いにも自信にもなりませんからねえ」

ぽつりと返ってきたもっともな言葉に、ドラクルは「いたたまれない」という気持ちを初めて味わう。

「周囲から後押しされて自信になるときもありますけど、たぶん、今はそういう段階じゃないですもんね。だって、それってドラクルさんの内面の問題みたいですし。……でも、誰かに言わずにいられない、整理できない、って感じでしょうか」

「……その通りだ」

恋愛の話に疎い、と言いながらも、言葉で整理してくれる荒川に、ドラクルは苦笑する。自分自身が上手く捉えきれなかったもどかしさは、言語化されると思った以上に詮のない話に感じられた。

だからといって、荒川はそのことを取るに足らないことだと切り捨てたりはせず、真剣に考えてくれている。

「とりあえず、ひとりで悩まないほうがいいんじゃないでしょうか、とだけは」

「そうだな」

「裕貴くんとのことは、裕貴くんと悩んだほうがいいと思います。ひとりで悩んだ答えは、ふたりの関係性の答えにはならないと思うので」

その言葉にはっとするのと同時に、店のドアが開いた。ふたり同時に、「いらっしゃいませ」と声を上げる。一人目の客は、裕貴ではなくてどこかほっとしている自分がいた。

一度相談というものをした——恥を感じたことをきっかけに、ドラクルは荒川とよく話をするようになった。

本人は「机上の空論。知ったような顔でいかにもそれっぽいことを言っているだけ」と己を評しているが、オーナーの千尋曰く「声に不思議な説得力がある。バーテンダー向きだと思ってスカウトした」とのことだ。

確かに、落ち着いた声でゆったりとしゃべるので、安心して話をしたくなるような雰囲気が彼にはあった。

だが、荒川のことは未《いま》だによくわからない。以前裕貴とともに話していたように、あまり自分のことを積極的に話すタイプではないようだ。

「今日は、そろそろ店じまいですかねえ……」

ちらりと置き時計に目をやりながら、荒川がぽつりと呟《つぶや》く。時刻は午前一時半を過ぎたところだ。

「あと十分で入店がなければクローズの札を下げて来よう」

「お願いします」

バー・ブラックアイはそれなりに繁盛店ではあるが、当然ながら閑古鳥が鳴く日もある。今日は平日ということもあるが、一日の来客は四組ほどだった。

「あれ？　早く閉めちゃっていいんですか？」

唯一店内に残っていた客——裕貴がそんな質問を投げかけてくる。

「うん。一応ラストオーダーは二時なんだけど、お客さんがいないときは二時前には閉めていいってことになってるんですよね」

二時前に店を閉めるのは、ドラクルが勤務を始めてから三ヶ月ほど経過して、これで二度目だ。

一旦《いったん》店を閉めても、二時までに客が来れば開けることになっているが、荒川曰く一日暇だった日にそういう客が滑り込んでくることも滅多にないのだという。

「へー……ていうか、そもそもラストオーダー二時でしたっけ」

俺が勤務してたときはもっと遅かった気がする、と裕貴が言う。

「本当は前からそうなんですよ。お客さんがいてずるずる延びてるってだけで……」

「店長は、始発までは客を退室させないからな」

「だってほかに新しく回れるお店もないから、お客さんは帰らないもんですし」

最寄《もよ》り駅の始発は、四時四十分台である。客が残っていると荒川は四時半までは店を閉めずにいることが多い。そういうとき、ドラクルは勤務時間通りに退勤させてもらうのだが、あまりに人数が多いと残るときもあった。二時前に閉める日よりも、始発まで開けている日のほうが多いほどだ。

「それもあって、ふたり体制にしようって感じでもあったんですよ。まあ、その結果、ドラクルさんパワーで客足増えちゃってほぼ始発までの営業ですけどね」

「……それは、申し訳なかった……？」

一応謝ると、荒川と、何故か裕貴までが「あなたはなにも悪くない」と声を上げた。

「ていうか、今日はあからさまなドラクルさん目当ての女子来てましたね」

初めて見る女性客ふたり組は、ずっとドラクルのほうを見て、時折きゃっきゃと楽し気に話をしていた。迷惑というほどでもないので、お咎《とが》めはなかったが。

「俺、最近よくプレイヤーのアバター扱いされるんですよね」

「……ふたり並ぶと絵になるからじゃないですか」

「いやぁ、特徴がないからでしょう。でもお似合いって言われてるみたいで光栄ですね」

また、ふたりはドラクルにはわからない話をする。「なんの話か」と訊いても、ふたりとも「オタク的な話で」というばかりで教えてくれないので、最近はすっかり訊くのを諦めている。

「オタク的な話」をふたりがしている間、ドラクルはずっと蚊帳《かや》の外だ。

——……こんなことで嫉妬をしているなんて知られたら、裕貴に狭量な男だと思われるから、不満など言わないが。

いつも追及できず、悶々《もんもん》としてしまう。裕貴が楽しそうにしているから、余計にだ。

「……さて、じゃあクローズの札をかけて来よう」

「あ、よろしくおねがいします」

そんな会話をかわしているうちに、あっという間に二時を回った。同時にドラクルがドアへ足を向ける。

「……あっ、俺ちょっと電話してきます。千尋さんから着信来てた」

そう言って裕貴も席を立ち、慌てたようにトイレのほうへと向かっていった。

「別にお客さんいないしここで電話していいのに――そういえば前も訊いたかもしれないですけど、ドラクルさんってゲームってやる人でしたっけ？」

施錠してすぐにそんな問いを投げかけられて、頭を振る。脈絡のない問いかけに、若干戸惑う。

「いや、私は……」

自宅では毎日のように裕貴とバーニーがゲームで盛り上がっているものの、相変わらずドラクルは疎いままだ。勧められていくつかやってみたのだが、結局継続的にやるようなことはなかった。

「ルサンチマン・レジスタンスってゲーム、知ってるって言ってたと思うんですけどプレイしたことはあります？」

自分が元いた世界がゲームになっていて、その中にはドラクルそっくりのキャラクターがいる。そんなゲームということしか知らない。一度だけデモムービーを見たことがあるが、その程度だ。

「いや……。裕貴が好んでやっていたゲーム、ということだけしか」

裕貴本人は「それなりにやっていました」と控えめに表現するが、周囲の話を聞くと相当のめりこんでいたそうで、給与もかなりつぎ込んでいたらしい。

ドラクルからすれば「ゲームに金をつぎ込む」というのは賭場《とば》のイメージであり、それが「どう見てもひとりで遊んでいる携帯電話でプレイできるゲーム」とどう繋がるのか理解できず、結局どういうことなのかは判然としないままだ。

「実は俺も同じゲームを嗜む程度にプレイしていたので、裕貴くんとはかなり話してたんですよ」

「ほう」

「だけど、ドラクル様……あ、ゲームのほうのですよ。ドラクル様がお亡くなりになってからもうプレイしていないそうで」

荒川の口から「ドラクル様」という単語を聞くと、目の前にいる自分のことを指しているわけではないとはいえ、なんだか落ち着かない気分にはなる。

——そうか、結局やめてしまったのだな。

確かに、色々ゲームはやっているそうだが、もうプレイしていないと以前言っていた。バーニーに請われて、その後も少しだけ覗《のぞ》いたことはあったようではある。

ドラクル様がいない世界なんて興味がない、と裕貴は言う。それは、果たしてこちらの世界に来た自分のことも含んでいるのだろうか——そんな馬鹿げた疑惑と嫉妬心が首を擡《もた》げ、ドラクルは振り切るように「そうか」と口にした。

「……店長は、まだやっているのか？」

「俺はやってますよ。ドラクル様も好きだったんですけど、基本箱推しなのでそれでやめるまでには至らなかったですね」

「ハコオシ？」

「えーっと、全部好き、って意味です」

ひとくちに好きと言っても色々あるらしい。好意というのは得てしてそういうものなのだろうけれど。

——彼らが言っているのは、ゲームの世界。私がいた世界と本当に同じとは限らない、が……。

自分がいなくなった後の世界のことが気にならないというわけではない。けれど、裕貴がプレイしなくなったからという理由だけではなく、その後の話は調べてもいなかった。

バーニーとも話し合い、死んでしまった世界には戻れると思えない、だからこちらの世界で生きる覚悟を決めようと結論づいている。

未練が微塵《みじん》もないと言えば嘘《うそ》になるが、それはもはやこちらの世界でも同じことだ。

「……そのあとにも、誰か別の者——キャラクターが死んだりしたのだろうか」

「いや、いまのところドラクル様だけですね」

それがまたドラクル様推しを怒らせていて、などという情報などを交えながら、荒川がざっくりと現在までのストーリーを教えてくれる。

「ドラクル様を殺した犯人はまだわかってないんですよ。今はストーリーが進みつつもライアーゲームの様相を呈していますね。新しいシナリオを担当したのが、かなり有名な推理小説家の方で、どうもだいぶ前からシナリオに噛んでいたという説が浮上して、ってことはドラクル様は結構最初のほうから殺される予定のキャラだったんじゃ？　というのでまたプチ炎上してて——」

普段はゆったりとしゃべる荒川がやけに早い口調で教えてくれるのに気おされつつ、まだ犯人が判明していない、ということを意外にも思った。

証拠も目撃者もない状況では致し方ないのかもしれない。

——そして、実際に私を殺した人物と、ゲームのシナリオ上の犯人が同じとも限らない。

そのことを指摘したのは、すっかりとこちらの創作物を嗜んだバーニーだった。もしかしたら、「ドラクルを殺した人物」と「『ドラクル』を殺したキャラクター」は別かもしれない。すると、裕貴がプレイしていたゲームの世界と自分の世界は並行世界として存在しあい、「今ここに存在する自分」と裕貴の好きな「ドラクル様」は完全に別物である、ということになるだろう。

――それが嬉しいことなのか、そうでないことなのかは、やはりわからないな。

そうなった場合、自分は「裕貴は今のドラクルを好きになってくれた」と思えるのか。それとも「裕貴は別のドラクルを重ねて今のドラクルを見ているだけ」と捉えてしまうのか。

いざそうなってみないと、自分の心がどう揺れるのかはわからない。だがつまるところ揺れるのは己に自信がないからであり、結局のところドラクル自身だけの問題なのでは、とも思うのだ。

「……店長が好きなキャラクターはいるのか？」

「ああ、えーと。俺はですね、ガロきゅ……ガロというキャラが好きですね」

「ほう？」

それなりに接点のあった人物の名前が出て、思わず目を瞠る。

ガロというのは、派手な衣装を身にまとった褐色の肌の少年だ。法官――こちらの世界でいうところの裁判官や弁護士の家系であり、公正と平等をはかる天秤《てんびん》型の魔道具を持つ。彼が歌うと真実を暴く奇跡が訪れるとされているのだ。

行動をともにしたり面倒を見たりしたこともある中、ドラクルはその歌を聴いたことはついぞなかったが、もしかしたらいずれ彼が真実を暴くのかもしれない。

「何故そのキャラクターが好きなんだ？　使い勝手がいいのか？」

「使い勝手という意味ではそうでもなかったんですよ、やはり少年だからでしょうか少々パワーがなくてしかも既存ＳＳＲもアタックタイプがなくてちょっと微妙とか言われていましたけど、でも先日実装された新規のＳＳＲは高火力＆三ターン持続の味方含めたバフ持ち！」

再び早口でまくしたてられ、思わず目を丸くしてしまう。

「そしてフーダニット状態の現在は彼が最大のキーマンになるのではと目されているわけで、しかしだからこそそんな捻《ひね》りのない単純な事態にはならないでしょうね、俺の予想では歌の効果が出なくて能力を疑われたり逆に犯人と疑われる展開がくるのではと睨《にら》んでいます」

言っていることの意味は半分以上わからなかったが、荒川がドラクルの知古の少年に対して熱量を持っていることだけは伝わり「そうか」とだけ口にする。既に接点の持ちようがない人物ではあるが、せめて彼は不幸にはならないといい、とドラクルは思った。

熱っぽくしゃべっていた荒川は我に返ったかのように急に黙り込み、「すみません」と口にする。

「な、なにがだ？」

唐突な謝罪に戸惑うドラクルに、荒川はさらに続ける。

「めちゃくちゃ早口ですみません。……でも、裕貴くんだってすごかったんですから、ドラクル様熱が」

なにを謝られているのか判然としないまま、頷いた。

「裕貴くんはとにかくドラクル様のカードはコンプリートしてましたし、ドラクル様に人生賭《か》けてたんですから」

裕貴は相当「ドラクル様」のことが好きだったようだが、それをドラクルに見せてくれたことはない——そんないつもの感慨に耽《ふけ》る間もなく、荒川は曰くライトなファンを自称しながらもどれほどドラクル様が好きだったか、ということを滔々《とうとう》と語ってくれる。

「ドラクル様のグッズだって無限回収はしないですけど、コンプリートは絶対してましたし」

「むげんかいしゅう」

「クレーンゲームのぬいにどれだけ賭けたとお思いで」

「ぬい……」

聞きなれない単語に再びの戸惑いを見せていると、熱量が伝わらないと思ったかもどかしそうな顔をされる。だがすぐに、彼はいつの間にか乗り出していた体をふっと引いた。

「まあ、でもゲームのドラクル様はいなくなってしまったし、裕貴くんには今、本物のドラクルさんがいますもんね」

その言葉に一瞬、荒川もドラクルがゲームの世界からやってきたのだと悟っていたのかと思った。だがそんなはずはない、と苦笑する。

「……そう、思うか？」

よほど自信のない声音が出てしまったのか、荒川は意外そうな顔をした。

「もちろんですよ。確かに我々は揃いも揃って似ているって言ってしまいましたけど……見た目は確かに似ていますよ。声とか、あと嗜好《しこう》とかも。まかないでワインとチーズ、って言われたときは『寄せに行ってる？』って一瞬思いましたけど」

「ああ、『ゲームのドラクル』も好きなのだという話か」

「そうそう、それです。でも内面まで『ドラクル様』かっていうとそんなことないですしね」

荒川の言葉に、今度はドラクルが驚く番だった。

「ドラクル様は、特権階級特有の立ち居振る舞いとか価値観を持ってるキャラクターですから。ドラクルさんみたいにカクテルの勉強したりしないし、厄介な客に絡まれたら殺しちゃうようなキャラですし」

確かに、昔の自分だったらそうしたに違いない。手を下すのは自分ではなく配下だが、そもそも厄介な者に絡まれたといって、対等ではないものに心を煩わされること自体がなかっただろう。

「ゲームのドラクル様とは、接すれば接するほど、違う人だなと思いましたよ。だからずっと、『ドラクルさん』として見てました」

それは裕貴も同じはずだと、荒川が言う。

裕貴もゲームのドラクルと完全に同一視するようなことを言ったことはないし、なにより裕貴は今眼前にいるドラクルを尊重してくれている。

いま憂えてしまうのは、己自身のせいに他ならない。地に足をつけて、己というもののアイデンティティを持つことができれば、この不安もきっと笑い話になるだろう。

黙り込んだドラクルに、いつも口元だけで笑う荒川が、にこりと破顔した。

「『ドラクル様』じゃなくて、ちゃんと、今ここにいるドラクルさんのことが好き――」

「――ちょ、ちょっと待ってください！」

荒川が話している途中で、勢いよく割って入ってきたのはトイレから戻ってきた裕貴だった。

荒川も、ドラクルも目をぱちぱちと瞬く。

「おかえりなさい、電話、終わったんですか？　急ぎとかじゃなかったですか」

「あっ、えっと、週末の予約についての話でした！　ってそれはいいんですよ、なんですか今の話」

なにか変な会話だっただろうかと首を捻り、荒川が勝手に裕貴の気持ちを代弁したことに対して怒っている、あるいは照れているのだろうかとあたりをつけた。

だが、裕貴は泣きそうな顔をして、カウンター越しにドラクルに手を伸ばす。それから、ぎゅっとドラクルの二の腕部分の袖《そで》を摑《つか》んだ。

「い、今まではっきりと言えなかったですけど、あ、荒川さんでも駄目です。……ドラクルさんは、お、俺の恋人、なんですから！」

「えっ……？」

「えっ」

とっくに察してはいただろうが、はっきりと恋人宣言をした裕貴に荒川が目を剝《む》く。そして、思わぬタイミングでそれを告白した裕貴に、ドラクルのほうも驚いてしまった。

――はっきりと対外的に言ってもらえるのはありがたいが、何故このタイミングで……？

こちらの世界では、男女同士がカップルとなるのが一般的であり、他者に対して同性同士が恋人だと伝えるパターンは同好の士を除けばあまり多くないのだと聞いていた。

「裕貴」

名前を呼ぶと、裕貴はきっと睨むようにドラクルを見つめる。

「ど、ドラクルさん。これからも、俺と一緒にいてください」

「裕貴……？」

「ドラクルさんにも、色々と思うところがあるのはわかってます。ドラクルさんの邪魔だけはしたくなかった」

邪魔だなんてそんなことはない、と言おうとしたが、すぐに裕貴が話しだしてしまって口を挟む隙《すき》がない。

「――でも、離れたくないです。絶対に、離れるのは嫌です。今の狭いところが嫌なら、広いところに一緒に引っ越しましょう。一緒にいたいです。我儘《わがまま》を言ってすみません、でも、これからもずっと、あなたと離れたくない……！」

裕貴、と呼ぶ自分の声が少し震えた。

裕貴の負担になるのが嫌だった。世話になっておいて、これ以上迷惑をかけたくなかった。今更かもしれないが、これ以上情けないと思われたくなかった。

だが、珍しくはっきりと言葉にして必要だと言われて、胸がいっぱいになる。

「……私もだ、裕貴。これからもともにいよう」

「当たり前です！」

大きく澄んだ裕貴の瞳が、涙で潤む。

いつもどこか遠慮がちだった裕貴の本音を思いがけず聞くことができ、安堵した。そして、自信をもって同居の継続を言い出せなかった自分を情けなく思う。昔はこんな風に尻込みをすることなんてなかった。こちらの世界に来て、裕貴を好きになって、不安に思うということを知った気がする。

「ありがとう、裕貴。私は本当に幸せだ」

「ドラクル様」

前よりできないことのほうが多く、社会的立場もなくなった。けれど、自分自身が弱い存在になった気はしないのだ。裕貴がいれば、自分はどこまでも強くなれるような気がしている。

「あのー……」

いつのまにか気配が消えていた荒川は、カウンターの外に出てこちらに声をかけてくる。

裕貴はドラクルの袖を引っ張ったまま、荒川に顔を向けた。

「ごめんなさい、でもドラクルさんの恋人は、俺です。ドラクルさんを譲ることだけはできないです。ドラクルさんは、譲れない」

袖を摑む手は、震えていた。けれど、絶対に離さないという固い意思を、声音とともに感じさせる。

――ずっと、独りよがりな望みだと思っていた。

互いに同じことを考えていたこと、そのことが嬉しい。相手と自分が同じ方向を向いているということが、こんなにも幸せに感じることだとは思わなかった。

感動しているドラクルをよそに、荒川が軽く右手を挙げ「えっとー」と声を上げた。

「決意表明は大変よく理解した上でしっかりと受け止めましたけれどね、どうして俺にそれを言うのでしょう……」

「人前の宣言みたいなものではないのか？　なあ、裕貴」

少々浮かれて声を弾ませながら視線を向ける。だが裕貴はドラクルの想定外の表情をしていた。

可愛らしいその顔が、とんでもなく強張《こわば》っている。

「裕貴？」

パニックを起こしながら、裕貴はドラクルと荒川を交互に見た。

「えっと……、えっ？」

「……おふたりの恋愛関係が盤石なのは理解しました。俺は上司、友人としてそれを心から祝福しますけれども……何故俺が当て馬ポジションみたいになっているんでしょうか……」

ドラクルからすれば難解だった言葉を噛み砕いて言い直し、荒川がさらに裕貴に問いかける。

荒川とドラクルを交互に忙《せわ》しなく見ていた裕貴は、それから再び荒川へ視線を戻した。

「え、だって、荒川さんがドラクルさんに告白を……」

「してませんねえ」

「されていないぞ。なんの話だ」

本当に心当たりがなかったので、ドラクルも首を傾げる。

え、と裕貴がか細い声を上げ、ずっと摑んでいたドラクルの袖から手を離した。

「だ、だってさっき、ドアを開けたら荒川さんが『ゲームのドラクル様じゃなくて、ドラクルさんのことが好き』って……俺もずっとそう伝えたくて、なのに、荒川さんが先に言っちゃうと思って」

だから慌てて制止したのだと、裕貴がしどろもどろになりながら説明する。

荒川は目を細め、いつかテレビでみた仏像のような表情になった。

「うん、確かに言いました。が、『俺が』じゃなくて『裕貴くんが』ってのが主語だったんだけど」

「え……っ」

続く言葉は「ちゃんと好きだと思いますよ、裕貴くんは」の予定だったとのことである。

裕貴は一瞬の間の後息を呑み、声にならない悲鳴をあげた。

「一生分の恥をかきました……殺してくださいドラクル様……」

「馬鹿なことを言うな。お前がいない世界なんて、私はもう生きてはいけない」

自宅に戻るなり不穏なことを言った裕貴を叱責《しっせき》する。

裕貴は目を潤ませながら、「かっこいい……そうですね、でもそういうことじゃないんです……」とわけのわからないことを言った。

あの後、完全にパニックを起こしながらも裕貴が手伝ってくれて、三人で閉店処理をしてから店を出た。

別れ際、何故か裕貴だけでなく荒川までもが塞《ふさ》いだ様子で、「引っ掻《か》き回してしまった……まさか自分が当て馬ムーブをかますなんて……」とぶつぶつと呟いていた。つまり、カップルに対して無自覚ながら無用の横槍《よこやり》を入れてしまった、ということらしいのだが、ドラクルとしてはそんなことはないと本当に思っている。

「そうですよ！　はやとちりしつつも、いいたいことがいえた。それでよいじゃありませんか。けっかおーらいですよ、ゆうき！」

件《くだん》の遣り取りをずっと聞いていたバーニーにさえそう叱咤《しった》激励されたが、裕貴はふらふらとリビングのソファに腰を下ろし、肘《ひじ》置きに倒れこむように凭《もた》れ掛かる。

ドラクルも、その傍らに腰を下ろした。

「裕貴、一緒にいたいと言ってくれたことを、後悔しているのか」

自分が思ったよりも、不安げな声が出る。裕貴はがばっと起き上がり、「それは違います！」と否定した。

「やっと顔をまっすぐ見てくれたな」

ふ、と笑うと、裕貴の顔が一気に真っ赤になった。逃げようとした裕貴を許さず、彼の項《うなじ》と細い腰を抱き寄せて唇を奪う。

「……っ」

一瞬抵抗を見せたが、裕貴はすぐに身を委ねてくれた。無意識だろうが、誘うように開いた唇に舌を入れ、彼の小さな甘い舌を味わう。

「私も、ずっと一緒にいたい。……離れるなんて、考えられない」

名残惜しく思いながらも唇を離し、そう告げる。

裕貴は小さく息を呑み、それから頷いた。

「……俺もです、ドラクル様」

泣きそうな声で肯定されて、ほっと息を吐く。

「俺、ずっと不安で。……こんな狭い家にドラクル様を押し込めているのも申し訳なかったし、ドラクル様が引っ越し先を探しているのはわかってて、でも自分から同居解消は伝えられなくて」

「同居解消？」

思いもよらぬ科白を、復唱してしまった。

「何故だ、必要ない。私は離れるつもりなんて初めからない」

そんなドラクルの返しに、何故か裕貴のほうが困惑と驚愕《きょうがく》の表情になる。

「えっ……そうなんですか？　だって、引っ越すつもりだったんじゃ――」

「引っ越すとしたら、ふたりで新たな住まいに、だろう？　我々は恋人同士なのだから」

「ほ、本当ですか⁉　……本当に？」

本当に考えもしていなかったのか、裕貴は安堵に脱力したようだった。その体を支えながら、ドラクルは裕貴に迫る。

「当たり前だ、何故今更、裕貴と離れて住まなければならない？」

「だって、住宅情報誌を読みながらバーニーと相談してて、俺に気づいて隠したじゃないですか！　しかも、そのあと話を逸らして」

「き、気づいていたのか……⁉」

上手く隠したと思っていたし、その後も裕貴がなにも言わなかったのでまったく気づかれていないものと思っていた。

「だって、俺に言いたくないってことなのに、追及したってしょうがないですもん」

「何故そうなる！　そういう意味ではない」

「本当にふたりで住むつもりだったとしたら、なんで相談してくれないんですか⁉　戸籍を取って一人暮らしもできるよねって話したあとに、ひとりでこっそり引っ越しのこと調べたり、住宅情報調べたりなんてしてたら……しかも俺に見つかりそうになって慌てて隠すなんて、出て行こうとしてるって思ったって仕方ないじゃないですか！」

「出て行くわけないだろう、今更裕貴と離れるつもりなどない！」

体の関係だけではない、恋人同士なのだから、言わなくてもわかるだろう――と考えてしまうのは自分が傲慢《ごうまん》なのだろうか。だが確かに、裕貴が言った状況を見ればそう誤解しても仕方がないとも思った。

一方で、そんな誤解をしながら黙っていたということは、ドラクルが離れてもなにも言わず受け入れるつもりだったということか。

けれど、ドラクルの言葉に「よかったぁー……」とぼろぼろと涙を零している裕貴を見たら怒る気も失《う》せたどころか、罪悪感で苦しくなってしまった。

「すまない、慎重に……と思っていたら」

不安にさせてしまった。自分がはっきりと言っていれば——そもそも、見栄を張らずにもっと己に自信を持っていればよかったのだ。

扶養されている身として、自立して、対等に見てほしいのだと言うのを躊躇せずに言えていれば恋人をこんな風に泣かせることはなかったのだろう。そんな考えにも至って反省した。

「いや、本当は……格好悪い姿を裕貴に見せたくなかっただけなのだ、私は」

独白のように呟いたドラクルに、潤んだ裕貴の瞳が向けられる。

「ドラクル様をかっこわるいなんて、絶対思いません」

「そうは言ってもだな。先立つものがないのに引っ越し先だけ見てもしょうがあるまい？　それでもし裕貴が『引っ越そう』と乗り気になったら私はまた裕貴に扶養されることになる」

格好悪いだろうが、と呟けば、裕貴が目を丸くした。

「……確かに俺は先走りがちですけど、別に次に引っ越す部屋の話くらい、ふたりでしたっていいじゃないですか。希望条件とか出し合ったり」

「希望条件？」

間取り、広さ、オートロックやモニタ付きインターホンの有無、主要採光面の方角、階層、風呂の大きさなどのことだと言われ、なるほどと思った。

「互いの希望を出し合ったり、到底住めそうにないってところを眺めて羨《うらや》ましいな〜って言ったり、理想を話し合ったり希望出し合ったりするのっていいことですよ」

「……確かにそれもそうだな」

思いつきもしなかった、と素直に言えば、裕貴は「もー！　ドラクル様！」と怒るふりをした。

「すまない、私が悪かった。……不安にさせたな」

裕貴を宥《なだ》める体《てい》で抱きしめる。腕に力をこめたら、裕貴の体が微かに強張った。

「離れたくない。私は、裕貴を失ったら生きていけない。自立したとしても、裕貴がいなければ死んだも同然なんだ。生きる意義も、意味も、きっとなくなる」

「そんな……、そんなこと」

泣きながら、裕貴が頭を振る。裕貴の濡《ぬ》れた頬《ほお》を、ドラクルは優しく手で拭った。

「……泣くほど一緒にいたいと思ってくれているのなら、何故言わなかった」

涙の滲んだ目を、裕貴がごしごしと擦《こす》る。

「それは……ドラクル様と荒川さんがすごくお似合いで、絵になっていて、それで余計に不安になって……ふたりきりにさせたくなくて」

思いもよらぬ、理由にもなっていないことを言われて眉根を寄せる。

なにをもってドラクルと荒川をお似合いとするのかはわからないが、そればかりは説明されても理解はできなさそうだ。そんなことよりも、聞き捨てならないことがある。

「つまり、それは私の浮気を疑って毎日通っていたということか？　そもそも、それと引っ越しの、なにが関係あるんだ」

毎日通い詰めてくれていたのを呑気《のんき》に喜んでいた自分が馬鹿みたいではないか。けれど、裕貴が涙目になりながら必死に首を振った。

「浮気とかじゃなくて……！　だから、その、ええと」

「お、おちついてください、ふたりとも！」

憤慨するドラクルとパニックになる裕貴の間に、バーニーが割って入る。裕貴の胸元にもふっと飛び込み、バーニーは赤ん坊をあやすように、優しくぽんぽんと叩《たた》いた。

「ゆっくりでいいんですよ、ゆうき。おもったことをいいましょう」

宥められて、裕貴は小さく深呼吸をする。

「……バーの雰囲気にふたりがすごく合ってて、俺よりも荒川さんのほうが、ドラクルさんに合ってる気がして、なのに俺は釣り合ってない気がして」

そんな馬鹿な話があるか、と言おうとしたが、「だって！」と裕貴に遮られる。

「たまたま俺が先に出会っただけで、それで恋人になれたけど、俺と一緒にいることがドラクル様の世界を狭めているんじゃないかって」

「なにを馬鹿な……」

ドラクルが否定の言葉を言いかけると、裕貴はぶんぶんと頭を振った。

「お酒の勉強を始めたドラクル様は楽しそうで、そのプロの荒川さんとは……恋愛的な意味ではなかったけど、すごくいい関係性に見えました。俺はドラクル様の世界を狭めてはいなかったかもしれないけど、でも今みたいに広げてあげることはできてなかった」

「そんなことはない！　……忘れたのか、裕貴。荒川に出会ったのは千尋がいたからで、千尋に出会えたのは裕貴がいたからだ。裕貴が私を拾って、大切に扱ってくれたからだろう？」

この世界に生まれ変わって、最初に出会ったのが裕貴でなかったらドラクルはどうなっていたかわからない。それこそ、酒の勉強が楽しいだとか、引っ越しがどうだとか、そんな次元にはいなかったかもしれないのだ。

だが裕貴は、涙を堪えながら首を横に振る。

彼の中では保護をしてくれたことは本当に「些末《さまつ》な出来事」のようで、どうしたものかとドラクルは眷属のバーニーを見る。裕貴の胸元にいるバーニーも苦笑していた。

「カフェ・ガレットでもドラクル様目当てにお客さんが来ました。見た目だけが目当てじゃないから、ガレットのお客さんが何人もブラックアイにも流れて行きました。ドラクル様の可能性は無限大で、新たな人生の一歩邪魔したくないから……だから、引っ越さないでって言えなかった……」

志半ばで死んで、どういう因果か別の世界で生まれ変わったドラクルは、裕貴の苗字を得て日本人となって生まれ変わった。ドラクルにとってそれは、裕貴のお陰なのだが、裕貴はそうとは思っていない。恩を着せようとか、我儘を言って縛ろうだとか、そういう発想には至らないのだ。

そういうところが愛《いと》おしくもあり、憎らしくもある。

大きく溜息を吐けば、裕貴の体がびくっと強張った。ドラクルはそんな恋人の体を、強く抱きすくめた。潰される前に、バーニーが素早く巣へと消える。

びっくりしたように硬直した体はやがて弛緩し、裕貴は洟《はな》を啜《すす》った。

「……好きです。ドラクル様が、好きです」

「私もだ。裕貴のことが、好きだ」

気持ちを込めて頷き、裕貴の顔を覗き込む。濃い色の美しい瞳が再び潤んだ。

「ドラクル様と離れたくない。これからいっぱい迷惑も苦労もかけるかもしれないですけど、でも、ずっと一緒にいてください」

微笑《ほほえ》み、ドラクルは裕貴の手を握り返した。

「それは私の科白だ。……こちらの世界に来てからずっと、助けてくれてありがとう。いつも私のことを懸命に考えてくれて、感謝している。裕貴がいなければ、きっと私は生きていけない」

この言葉に、経済的な意味合いはもうない。

「裕貴の愛がなければ、私は死んでしまうだろう」

愛おしい存在が消えてしまえば、己の存在意義すら揺らいでしまう。

眷属にも与えた愛情と信頼を、そして眷属に与えた以上の愛情と信頼を、ドラクルは裕貴に抱いていた。

「俺もです、ドラクル様。大好き――」

堪《たま》らなくなって、言い終わるか終わらないかのうちに再びキスをする。

微かな嗚咽《おえつ》を宥めるように、深く、優しく口付けた。

抱き上げてソファから移動しようとしたら、裕貴に制止されてしまった。

すぐにでも抱いてしまいたかったのに水を差される格好となり、思わず「何故だ」と不満を漏らしてしまう。

「あの、今日は本当に忙しかったので、お風呂に入りたいです……！」

「……そうか」

既に何度も肌を合わせていて、そのたびに「風呂に入っていなくてもまったく気にならない」と言ってはみるのだが、裕貴は「ドラクル様はいいけど俺は無理です！」と、入浴前に体を重ねることを強固に拒否する。

そもそも、元いた世界では風呂に入らない者のほうが多いくらいだった。ドラクルは趣味で風呂に入っていたが、あちらでは金持ちの道楽であり、少々変わり者扱いもされるほどの行為だったのだ。

――まあ、私も入浴は好きだし、こちらの世界の風呂釜《がま》の便利さの恩恵にはあずかっているが。

こちらの世界では、汲《く》んだ湯を桶《おけ》に流し入れるのではなく、なんとスイッチを入れれば自動で規定の量まで任意の温度に設定した湯を溜《た》めてくれる。

とはいえ、時間はかなり短縮されるものの、それでも多少の時間はかかるものだ。

「……湯を溜める時間さえ待てぬほど、裕貴が欲しいと思っているのだが」

素直に気持ちを口にすれば、裕貴が真っ赤になって言葉を失った。

これはもう一押しすればいけるだろうか、と考えていたら、今まで身を潜めていたバーニーがぴゅっと飛び出してくる。

「ごあんしんください、どらくるさま、ゆうき！　できるけんぞくであるわたくしめが、もうおふろのすいっちをいれておりますゆえ！」

「バ、バーニー……！」

「あとすこしではいれますよ！」

えっへん、と胸を張るバーニーを、裕貴が抱きしめる。どうやら、ドラクルたちが睦《むつ》み合っている間に、裕貴が入浴したいと言い出すのを見越してこっそりと準備をしていたらしい。

余計なことを、と言いそうになるのをぐっと堪えて、ドラクルもバーニーの頭を撫《な》でてやる。

うふふと嬉しそうに笑い、「ではごゆっくり」と言って巣に消えていった。

あっ、と裕貴が名残惜しそうな声を出したが、聞かないふりをする。

「――じゃあ裕貴、一緒に入ろうか」

「えっ！　でもあの、ひとりずつ……――ぎゃあっ」

有無を言わさず抱き上げて、浴室へと向かう。自分も人のことは言えないが、毎度毎度、どうせ同じことになるのだから早急に諦めを覚えるべきである。

確かに今すぐにでも抱きたいが、ふたりで入浴するのも楽しく好ましいことである。せっかく裕貴といる時間なのだから、楽しまなければ損だと、すぐに切り替えることにした。

裕貴が納得するまで体を磨くのを待ち、準備を整えてから、ふたりで寝室に移った。

「裕貴、……もういい」

ベッドのヘッドボードに体を預けながら、裕貴の髪を優しく撫でてやる。ドラクルの足の間に顔を埋めていた裕貴が、少しだけ顔を上げた。その小さな口いっぱいにドラクルのものを咥《くわ》えたまま、彼が目を細める。

いつも通りの穢《けが》れのない優し気な笑みと眼前の行為のアンバランスさに、ドラクルは無意識に喉《のど》を鳴らした。

「裕……、っ」

深くまで飲み込まれ、弱い部分を彼の舌に愛撫《あいぶ》される。快楽に声が揺らいでしまい、小さく息を吐いた。

——……まったく、堪らないな。

ベッドに入るまではあんなにも恥ずかしがっているくせに、裕貴は一度触れ合うと大胆で積極的になる。けれど、ドラクルに触れられると、まるで初めてかのように恥じらうのだ。

ドラクルは立場上、経験は豊富なほうではある。恋愛というよりは、遊びや政治的な意味合いが強かったが、それでも数多《あまた》の夜を過ごしてきた。

だが、同衾《どうきん》する際に口で奉仕する、という文化は未知のもので、当初は驚いたものだ。初めてされたときにそんなことを言ったら、裕貴は心底嬉しそうに目を輝かせたのを覚えている。

以来、裕貴のほうから望んでしてくれていた。

——戸惑いはあったが、一生懸命に愛そうとしてくれている姿は、愛らしく、愛おしく、嬉しい。そして、やはり風呂に入るのは正解だとも思うのだよな……。

この行為をさせるのであれば、やはり清潔な状態でしてほしい。だが驚いたことに、裕貴は「そこは気にしていないです」などと言う。さりとて、「じゃあ」とさせる気にもならないので、やはりどれだけ気が逸《はや》っていても、これからもまず入浴するコースを辿《たど》ることになるのであろう。

「裕貴、もういいから。……こちらへ」

顎《あご》の下を擽《くすぐ》ってやりながら促すと、裕貴は名残惜し気に口を離した。

「早く。もう、限界だ」

ドラクルの言葉に、裕貴の頬が赤く染まる。今までよほど凄《すご》いことをしていたというのに、どうしてこれで恥じらうのかとちょっとおかしい。

緊張した面持ちで、裕貴はドラクルの腰の上に跨《また》がった。ドラクルからはまだ満足な愛撫もしていないというのに、裕貴の性器はもう首を擡げている。

――いずれは、私からもしよう。

実は既に、ドラクルも口で奉仕をしようとしたことが数度あるのだが、その度に強く拒まれていたのだ。一度だけ強行突破をしようとしたら泣いて嫌がられてしまい、頓挫《とんざ》している。

だがそのうちには、と心に決めながら、裕貴の小さな尻を掴んだ。そのままゆっくりと腰を下ろさせる。

「……っ」

一瞬拒むような動きを見せながらも、裕貴は優しくドラクルを包み込んでいった。繋がった部分から、甘い快楽がじわりと広がる。

「裕貴」

頬を撫でて、裕貴を抱き寄せた。裕貴はこちらに体を預けながら、ドラクルのものを飲み込んでいく。

「ん、……」

だが、あと少しというところで裕貴が止まってしまった。その背中を労《いた》わるように撫で、耳元や頰にキスをする。裕貴が震える息を吐いた。

「大丈夫か？　馴染むまで少し待とう」

囁《ささや》くと、裕貴は頭を振った。辛《つら》いのかと思い顔を覗き込む。泣きそうに顔を歪ませながら、ドラクルの胸に縋《すが》りついた。

「裕貴？」

「お願いです、いいからもう動い……——あっ」

少し腹に力が入ったのと同時に、根元まで深く入ってしまう。その瞬間、締め付けられた感触で、裕貴が達してしまったのがわかった。

「……っ」

「あっ、あ……やっ……」

嫌だ、と首を振りながら、裕貴が身を震わせる。そのまま持っていかれそうになったが堪えて、ドラクルは彼の腰を抱いた。

「ごめんなさ、なんで……待てなか、っ」

「私もつられるところだった」

笑ってそう告げると、裕貴は全身真っ赤になる。

ドラクルは勢いよく裕貴の唇を奪って、両腕で抱きながら体勢を反転させた。仰向《あおむ》けになった裕貴の脚を抱えなおし、覆いかぶさる形で押さえ込む。

「うぁ……、あっ、あっ……」

腰を引き、上から叩きつけるように突き上げると、腕の中にいる裕貴が甘い声で泣いた。達したばかりで敏感な中を、少し強いくらいに擦ってやる。

「待っ……、やぁ、う……っ」

突くのに合わせて声を上げ、彼の体は無意識に逃げようとするが、ドラクルの両腕からは当然出ることはできない。

支配欲に似たなにかに満たされ、これ以上ないくらいに気分が高揚する。冷血、とさえ言われた自分を興奮させるのは、裕貴だけだ。

「やぁ……やだぁ……、ぅっ」

足をばたつかせながら、裕貴が喘《あえ》ぐ。嗚咽し、息を切らしながら、ドラクルの背中に縋ってきた。

逃げ、拒むような態度を取りながらも、裕貴の体はドラクルのものを搦《から》め捕って引き込もうと動く。

「ドラクル、様……、駄目、やです……俺、また」

「……ああ、構わない」

我慢などせずに達しろ、とばかりに、微かに腰を浮かせて好きなところをごりごりと責めれば、裕貴は小さく息を飲んだ。

「あっ、っ……あぁ――っ」

びくん、と細い腰が跳ねる。裕貴はドラクルのものをきつく締めあげた。

「……っ、あ、ぁ」

吐息とも嬌声《きょうせい》ともつかない声を漏らしながら、裕貴の四肢から力が抜ける。強張っていた痩躯《そうく》がシーツにぱたりと落ちた。

「――」

その瞬間に、下腹から抑えきれない衝動が突き上げてくる。ドラクルは、裕貴の首筋に噛みついた。

小さな呻《うめ》き声を漏らした裕貴の奥まで嵌《は》める。腰を密着させ、柔肌に歯を立てたまま揺すり上げた。まだ深い絶頂を味わっている体の奥をしつこく突き、ずっと堪えていたものを一気に放った。

「……っ裕貴……」

名前を呼びながら、強めに噛んでしまった部分に舌を這《は》わせる。はふ、はふ、と涙声のような息を漏らしていた裕貴の体から、一瞬で力が抜けた。

「裕貴！」

気絶させてしまったかと焦って覗き込めば、辛うじて瞼《まぶた》は開いていた。ドラクルは慌てて裕貴を抱き起こす。

「すまない、また我を失って噛んでしまった」

弁解するドラクルに、裕貴は浅い呼吸をしながら首を振る。それからドラクルの胸に身を預け、口元を押さえて、細く長い息を吐いた。

「……気持ち、よかったです……」

吐息交じりに言って、潤んだ瞳がドラクルを見つめる。きらきら輝くその眼が嘘をついているとは思えないが、心底反省した。

牙《きば》はなく、噛んだ対象を仲間にすることはもうできない。けれど、噛み癖は残ってしまったのか、ドラクルは裕貴を抱いているときに、時折我を忘れて首筋に噛みついてしまうことがあった。

「本当に悪いことをした。……痕《あと》にならなければよいのだが」

幸い、歯の痕はあるものの、血は出ていなかった。だが何度も同じ場所を傷つけていればいずれ痕になるのは必至だ。

熱を持った噛み痕を撫でながら、裕貴が首を横に振った。

「いいんです、ドラクル様にこうされるの、好き……」

この悪癖は改めねば、といつも決意するのに、うっとりと色っぽい表情で赦されるとぐらつ

いてしまう。

「……私をあまり甘やかさないでくれ」

セックスの後で興奮が冷めていないからそんな暴挙を許してしまうのだろうと思い、なんでもないタイミングで謝罪をしたこともある。そしてもう二度としないと誓おうとしたら、顔を真っ赤にしながら「ドラクル様に噛まれるの、気持ちいいと思っているからいいんです」とフォローされてしまった。

――確かに、吸血しているときは愉悦がセットだと聞いたこともあるが。

念のためバーニーに確認したところ「かんでいるだけなのですから、きもちよいわけがないでしょう。なにをおっしゃっているんです」とちょっと呆《あき》れ交じりに叱責されて恥をかいたのも記憶に新しい。

「……綺麗《きれい》な裕貴の肌に、痕を残したら申し訳ない」

そっと撫でながら悔恨の言葉をくちにすれば、裕貴はいいえとはっきりと否定した。

「ドラクル様のつけた痕が残るなら、嬉しいです」

「裕貴、そんな」

「ドラクル様のくださるものなら、なんだって嬉しいんです。俺――」

それは嬉しいが駄目だ、と言いたかったのに、堪らず口付けてしまう。

裕貴は一瞬驚いたように身を強張らせたが、すぐにこちらに身を委ねた。

「裕貴……」

「ドラクル様……」

唇を深く堪能したあと離し、愛しい恋人を見つめる。ぽうっと見惚れる裕貴の瞳が濡れていた。愛おしさが湧き、裕貴の頬を撫でながら、このところずっと思っていた質問をぶつけてみる。

「裕貴。……いつになったら、『ドラクル』と呼んでくれるんだ」

裕貴は思わぬことを聞いた、という顔をした。

今が質問をする最適のタイミングではないかもしれないが、これを逃せばまたいつになるかわからない。

「えっと、ずっと呼んでいるかと思うんですが……」

「違う、裕貴は私をドラクル『様』と呼ぶだろう。様はいらない」

以前の世界では、例えば王妃が王を呼ぶときは名前ではなく「陛下」と呼んだり、貴族であれば「旦那様」と呼んだりして、配偶者であっても基本的に呼び捨てにはしない。

様々な形があるのはどの世界でも同じだけれど、こちらの世界ではパートナーに尊称をつけて呼ぶのは珍しいのだ。そういう価値観を得てから、バーニーを含めてほとんど家族のように暮らしている裕貴が頑《かたく》なに「様」、仕事中は「さん」をつけて呼ぶことが気になり始めた。

バーニーは眷属だからまだいい。だが恋人の裕貴が未だに「ドラクル様」なのはどういうわけなのだろうか。

だが今日もまた、裕貴はすぐには頷いてくれなかった。

「……裕貴？　なぜ返事をしない」

「ええと、……ドラクル様は『様』まで名前みたいなところがあるというか」

「なんだそれは⁉」

わけのわからない理由で断られ、思わず声を上げてしまう。

戸籍を作るときに、裕貴はついてきてくれた。そして「足立ドラクル」という名前になったことを、申し訳ないと言いながらもあんなに喜んでくれたというのに。

――一体どういうことなんだ⁉

完全に戸惑うドラクルに、裕貴は何とも言い難い表情で笑ってみせる。

「……きっと、『ゲームのドラクル様』はそんなことは言わないですね」

否定でも肯定でもない言葉にドラクルは一瞬眉根を寄せたけれど、反芻《はんすう》してはっとする。

裕貴の言う通り、ゲームの――元の世界にいたドラクルであれば、たとえ愛する恋人が相手でも呼び捨てで呼べなどとは言わなかっただろう。それがあちらの常識であり、もし呼び捨てになどされようものなら百年の恋も冷めたに違いない。

裕貴の中で、今のドラクルとゲームのドラクルとは違う、とはっきり言われたような気がした。

「……私はもう『ゲームのドラクル』じゃない。『裕貴のドラクル』になったのだから、当然だ」

ドラクルが言うと、裕貴の頬がぱっと紅潮する。

「呼んでくれ、裕貴。お前だけの私の名前を」

頬を撫でながらそう口説けば、裕貴は誘われるように震える唇を開いた。だが、「ド」と口に出したきりなかなか次の言葉が出てこない。

「裕貴、早く」

照れて口が回っていない恋人が愛おしく、少し意地悪な気分で急《せ》かしてやる。体を重ねているときのように、体を密着させて一度揺らすと、ますます動揺していた。

「ど、ドラクル……――」

やっと呼んだ、と破顔しかけたのも束の間、「……さん」と余計な一言が付いてくる。

「……裕貴？」

責めようとしたつもりが、自分が思っていたよりも拗《す》ねたような甘えた声音が出てしまった。

「――……くそっ」

なんと情けないことかと、自分らしくなく赤面してしまった。

その顔を裕貴に見られていたことに気づき、反射的に逃げようとした上体を、抱き付かれて阻まれる。

「かわ……っ……！」

「？　裕――っん」

よく聞き取れなかったので聞き返そうとしたら、裕貴にキスで塞がれた。

驚きながらも反射的に彼の細い体を抱き寄せる。裕貴は何度も何度も、啄《ついば》むようなキスの雨をドラクルに降らせる。

「ドラクル、好き。大好き」

「ゆ、裕貴?」

「ドラクル、大好き……っ」

まるで媚薬を摂取したかのように興奮しながら、裕貴は愛情を示してくれる。

キスの合間に、何度も何度も繰り返される言葉に、今の遣り取りの中のなにが裕貴のスイッチを押したのかはわからないが、初めて「ドラクル」と呼ばれた嬉しさを噛み締めながら、ドラクルも同じだけキスを返した。


結局、新居への引っ越しが決まったのはドラクルが正社員となった一年後、マンションの更新が近づいてからだった。

互いの職場から徒歩十分以内、駅近、角部屋、通風日当たり良好、エレベーター、オートロック付き、振り分けの築浅2LDK。それが、千尋から紹介された新居候補だ。

「居室のひとつは北側の配置なんだけど、西向きの窓があるから夜勤明けに日が当たらなくて便利よ〜。そして冬はあたたかい。夏は地獄だけどね」

「ふむ、いいな。どうだ、裕貴」

内見には、裕貴とドラクル、そして千尋と、不動産業を営み自社管理物件を持つ千尋の彼氏である渋谷《しぶや》が同伴していた。渋谷はドラクルと同じくらい背が高く、美形とまでは言わないが優し気な顔をした男性だ。

裕貴が現在住んでいるマンションも、渋谷が仲介してくれたのだという。裕貴が元恋人という名のストーカーに付きまとわれた際に、すぐに新居を安い家賃で融通してくれたのも彼の力が大きいそうだ。

裕貴は何故か不安げな顔をしながら、部屋を見ている。

「すごくいいんですけど……、でも、お高いんでしょう？」

確かに、と思い千尋と渋谷を見る。最近仕入れたばかりの浅い知識ではあるが、条件だけを見れば当然ふたりで協力しても払えなさそうな物件だ。

ドラクルと裕貴に見つめられ、ふたりは似たような顔でにっこりと笑った。

「もちろん、そのあたりは融通するわよ。それと、家賃補助も出すからかなり負担は軽いはずね。あと、オフシーズンに空いた部屋だから、礼金なしでいいって」

ただし、家賃補助は契約者にのみ支給されるので、ふたり分とはならない。それでも、ふたりで家賃を折半するため、裕貴の負担額は一人暮らしのときよりも安くなる。

そして、平米数は現在の裕貴の部屋の倍あるので、かなり広く感じられるそうだ。

契約者は今まで通り裕貴となる。ドラクルが正社員かそうでないか、戸籍があるかないかも、今回の転居には一切関係がない。

――だが、完全に世話になっているかそうでないかは、私にとっては大きな違いだ。

扶養されているかどうか――きちんと自立できているか否かは、ドラクルにとってかなり重要なことだ。

「じゃあどうする？　ここで決めちゃう？」

千尋が促すと、裕貴はぶんぶんと首を縦に振った。

「願ってもないです。本当にいいんですか？　前回もすごくお世話になってしまって、本当にありがとうございます……！」

勢いよく頭を下げる裕貴の横で、ドラクルも軽く礼をする。千尋と渋谷はいいのいいのと笑った。

「ベランダからの眺めも悪くないよ。外を見てみたら？」

渋谷にそう言われて、ドラクルと裕貴は顔を見合わせた。

じゃあ、とベランダに出てみる。そのタイミングを見計らって、バーニーがぴょこんと飛び出してきた。

「わあ、すごい。ずいぶんとたかいばしょなのですね！」

小声でそんな感想を漏らすバーニーに、裕貴が「ほんとですね」と笑う。

ベランダからは、立ち並ぶマンションやビル、駅などが見える。目の前は低い建物が多いせいか、日当たりはかなりよさそうだ。

「どらくるさまのおしろよりも、たかいばしょにあるやもですねえ」

「そういえばそうだな」

こちらに来たばかりの頃は、ドラクルもバーニーも、日本の住宅事情など当然知らず、寝床を提供してくれた裕貴の部屋に対し、なんと狭い場所かと思ったものだ。

だが一年以上もいればすっかりと慣れるもので、今回紹介してもらった部屋を見た瞬間、「なんと広い！」と感心してしまったのだ。こちらの世界に、かなり順応したのだなと、こんな場面でも自覚した。

千尋たちにばれないように部屋の中を覗いて、バーニーも「へやもひろうございますねえ！」と言ったので、笑ってしまう。

「……いいな、この部屋。気に入った」

思わずそんな呟きを漏らすと、傍らの裕貴が「俺もです」と笑った。

「裕貴」

はい、と裕貴が返事をくれる。それだけで、満たされたような気持ちになった。

「……もしかしたら、また互いに勘違いしたり、すれ違ったりすることもあるかもしれない」

「そう、ですね」

以前「荒川がドラクルに告白した」と勘違いしたことを思い出してか、裕貴が気まずげに赤面する。

「だが、そのたびにきちんと話し合って、支えあって生きていきたい。……いいだろうか」

「もちろんです！」

言い終わるか終わらないかのうちに、裕貴が前のめりに肯定する。

一瞬の間の後、ふたりで同時に吹き出した。

「ほら、あんたたち。いちゃいちゃしてないで、契約の手続きしに行くわよー！」

一応タイミングをはかってくれていたのか、千尋からそんな言葉が飛んでくる。

もう一度顔を見合わせて笑い、ドラクルは裕貴の手を取った。

「行こうか、裕貴」

「行きましょうか、ドラクル」

手を握り返し、裕貴がドラクルの手を引く。互いにしっかりと手を繋ぎ、ふたりで歩きだした。

あとがき

はじめましてこんにちは。栗城偲《くりきしのぶ》と申します。この度は拙作『推しが現実《リアル》にやってきた』をお手に取っていただきましてありがとうございました。楽しんでいただければ幸いです。

本書のイラストは、雑誌掲載時と同じく麻々原絵里依《ままはらえりい》先生に描いていただけました。ありがとうございました！

攻め（ドラクル様）が現世に降り立つシーンが美しすぎて「ヒィ……」と息を呑みました。この世のものではないレベルの美貌で、受けも大変可愛《かわい》いお顔立ちなのに、並んだときの圧倒的主役感……！　二重の意味で食われる。

確か、カフェでの制服は当初もうちょっと地味というか全体的に白っぽい設定だったような覚えがあるのですが、担当さんと「麻々原先生に描いて頂いたドラクルが美しいので、折角だから（？）全身黒にしましょうか」と話した気がします。美しさが際立っております。

そして書き下ろしのイラストに入っているかどうかまだわからないのですが、麻々原先生がラフに描いてくださっていたバーニー（攻めの眷属《けんぞく》の蝙蝠《こうもり》みたいなモンスター）がとても可愛くて癒されました。

バーニーが蝙蝠なのかどうなのかよくわからないビジュアル（ほぼシマエナガ）という設定で表現してしまったのは、リアルの蝙蝠がなんだかUMAみたいな得体のしれない怖さがあるな、と私自身が個人的に思っているからだったりします。

バーニーを書くにあたって色々な種類の蝙蝠の画像を見たのですが、見れば見るほどよくわからない生き物……。イソップ物語の「鳥と獣とコウモリ（卑怯なコウモリ）」という話を子供の頃に読みましたが、そりゃこの感じでは蝙蝠自身もどっちも選びたくなるよねえ、アイデンティティが揺らいでいるのかもしれないのだから責めないであげて……と思ったり。

蝙蝠ってハムスターみたいな顔なのかな？　と想像しがちですが、顔はむしろ豚に似ている気がします。豚に似ているのにネコ科の猛獣みたいな歯があって、頭に対してやたら大きな耳があって、羽は爬虫類っぽいのに体はもふもふしている。ぶら下がって眠り、目はよく見えてないけど超音波を使って反響定位を行う。そして体の大きさの割に寿命が長い。知れば知るほど「お前一体なんなんだよ？」と首をひねりたくなる動物だなと思います。なんなんだよと言われても蝙蝠も困りますよね。蝙蝠は蝙蝠だもの。分類としては哺乳類翼手目で、分子生物学的にはネコ（食肉類）やウマ（奇蹄《きてい》類）に近い動物だそうです。お前一体なんなんだよ……。

あとがきが蝙蝠で埋まってしまいましたが、ここまでお読みいただいてありがとうございました。感想など頂けましたら幸いです。またどこかでお目にかかれますように。

この本を読んでのご意見、ご感想を編集部までお寄せください。

《あて先》〒141-8202 東京都品川区上大崎3-1-1 徳間書店 キャラ編集部気付
「推しが現実《リアル》にやってきた」係

【読者アンケートフォーム】

QRコードより作品の感想・アンケートをお送り頂けます。

Chara公式サイト http://www.chara-info.net/

■初出一覧
推しが現実にやってきた……小説Chara vol.47（2023年1月号増刊）
推しが現実じゃだめですか……書き下ろし

推しが現実《リアル》にやってきた

……【キャラ文庫】

2024年3月31日　初刷

著者　栗城偲

発行者　松下俊也
発行所　株式会社徳間書店
〒141-8202　東京都品川区上大崎3-1-1
電話　049-293-5521（販売部）
03-5403-4348（編集部）
振替　00140-0-44392

印刷・製本
カバー・口絵　株式会社広済堂ネクスト
デザイン　佐々木あゆみ

ISBN978-4-19-901127-6

栗城 偲の本

好評発売中

「呪いと契約した君へ」

イラスト✦松基 羊

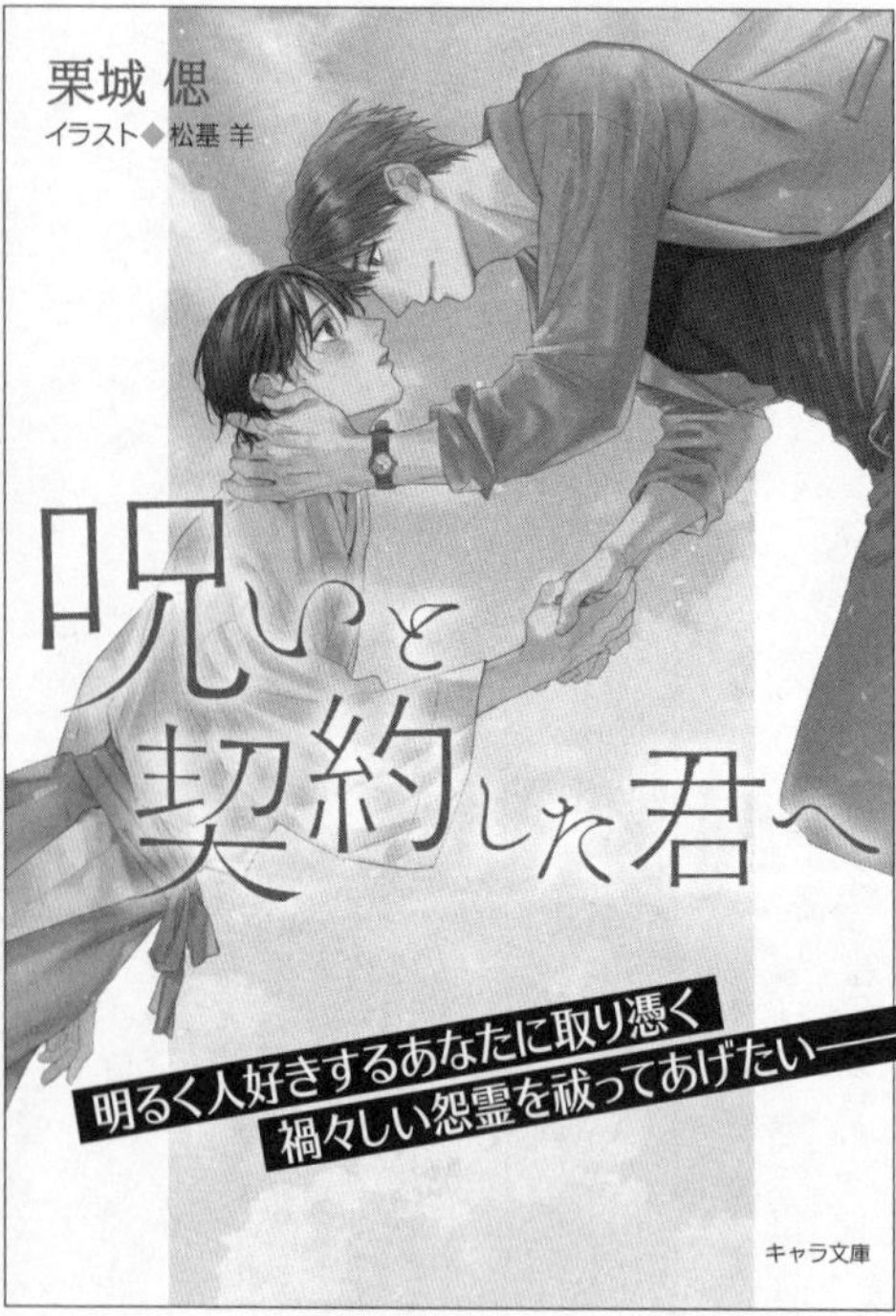

人に取り憑いた悪霊を、自分の体に乗り移らせて除霊する——神社の神職見習いとして、異能力を使い人知れず解呪をしてきた愁《しゅう》。そこへ取材に訪れたのは、大学で民俗学を研究している乾《いぬい》だ。「ここに凄い除霊師がいるって本当?」と明るく話しかけてくる彼には、禍々しい怨霊が憑いていた!?「俺昔から不運体質で、この前死にかけたんだよね」と屈託なく語る乾を、見て見ぬふりはできなくて!?

栗城 偲の本

好評発売中

「はぐれ銀狼と修道士」

イラスト✦夏河シオリ

村人を攫って容赦なく喰らう、凶暴な狼男を退治してくれ——司祭から無理難題を押し付けられ、一人で山に向かった修道士のシリル。死を覚悟した彼の前に現れたのは、美しい銀狼・グレアム。怪我で動けないシリルを、青年の姿に変身して助けてくれたのだ。「薬も食事も心配いらない、怪我が治るまでここにいて」噂と正反対の穏やかな笑顔に内心驚愕しながらも、しばらく世話になることに!?

栗城 偲の本

好評発売中

[幼なじみマネジメント]

イラスト✦暮田マキネ

ダンスも歌も上手いのに、明らかに手を抜いているアイドル——三年ぶりに再会した幼なじみのヤル気のなさに驚愕する匠《たくみ》。俺と離れている間、春臣《はるおみ》は変わってしまったのか!? 「匠がマネージャーになってくれたら頑張る」縋るような瞳に抗えず、マネージャーになると決意! 本当は役者がやりたい春臣を、俺がこの手で輝かせる——真剣に取り組むようになった春臣の売り込みに奔走する毎日で!?

栗城 偲の本

好評発売中

[玉の輿ご用意しました]

イラスト✦高緒 拾

高級車に狙いをつけ、当たり屋を決行!! ところが、それを見破られてしまった!? 初めての大失態に、内心焦る青依《あおい》。けれど車から降りてきた男・印南《いなみ》は、青依の痛がるそぶりに顔色一つ変えない。それどころか、平然と「通報されたくなければ言うことを聞け」と命令してきた!! 厄介なことになった、と思いつつ拒否権のない青依に、印南はなぜか「9ヶ月間、俺の恋人のフリをしろ」と言い出して!?

栗城 偲の本

好評発売中

「玉の輿謹んで返上します 玉の輿ご用意しました2」

イラスト✦高緒 拾

社長秘書になる条件は、年齢・性別・学歴不問!?　勤務先の工場で青依《あおい》が目にしたのは、社内公募の貼り紙。秘書になれば、社長で恋人の印南《いなみ》さんの役に立てるかも…?　ダメ元で応募したところ、なんと最終選考まで残ってしまった!!「恋人だからって贔屓はしない」——立場上は厳しい口調で一線を引くけれど、印南は心配を隠せない。そして迎えた研修初日、青依は精鋭のエリート達と対面し!?